Jennie Lucas

El desafío final del jeque

Editado por HARLEQUIN IBÉRICA, S.A.
Núñez de Balboa, 56
28001 Madrid

© 2014 Jennie Lucas
© 2014 Harlequin Ibérica, S.A.
El desafío final del jeque, n.º 2345 - 5.11.14
Título original: The Sheikh's Last Seduction
Publicada originalmente por Mills & Boon®, Ltd., Londres.

I.S.B.N.: 978-84-687-4743-9
Depósito legal: M-23719-2014
Editor responsable: Luis Pugni
Impresión en CPI (Barcelona)
Fecha impresion para Argentina: 4.5.15
Distribuidor exclusivo para España: LOGISTA
Distribuidor para México: CODIPLYRSA
Distribuidores para Argentina: interior, BERTRAN, S.A.C. Vélez
Sársfield, 1950. Cap. Fed./ Buenos Aires y Gran Buenos Aires,
VACCARO SÁNCHEZ y Cía, S.A.

Capítulo 1

SUPO que la deseaba en cuanto la vio. Sharif bin Nazih al-Aktoum, emir de Makhtar, estaba riéndose del chiste de un amigo cuando se dio la vuelta y la vio, sola y a la luz de la luna, a orillas del lago Como. Era noviembre y estaba junto a unos árboles pelados que proyectaban sus sombras sobre el vestido blanco y traslúcido. El lustroso pelo moreno le caía como una cascada sobre los hombros. Tenía los ojos cerrados y sus labios sensuales susurraban algo que no podía oír. ¿Era un espectro? ¿Un sueño? No, solo era una invitada a la boda, nada especial, un efecto de la luz de la luna. Sin embargo, la miró fijamente.

Unos minutos antes había estado riéndose del pobre novio, quien había sido un famoso playboy que había cometido el error de dejar embarazada a su ama de llaves. La novia era hermosa y parecía fiel y amable, pero, aun así, a él nunca lo atraparían así. Al menos, hasta que... Dejó de pensar en eso y la señaló con la barbilla.

–¿Quién es?

–¿Quién?

–La mujer que está junto al lago.

Su amigo, el duque de Alcázar, miró a izquierda y derecha.

–No veo a nadie.

Entre la mujer y ellos había una serie de invitados que bebían champán y disfrutaban del frescor de una noche de finales de otoño. La boda vespertina, que se había celebrado en la capilla medieval de las posesiones de un magnate italiano, acababa de terminar y estaban esperando a que empezara la cena, pero su amigo tenía que poder ver a ese ángel.

–¿Estás ciego? –le preguntó Sharif con impaciencia.

–Descríbemela.

Sharif separó los labios, pero se lo pensó mejor. El duque español era el mujeriego más incorregible que conocía, lo que le recordó el dicho de la sartén y el cazo, pero él, repentina y sorprendentemente, sintió la necesidad de proteger a esa mujer incluso de la mirada del otro hombre. Ella parecía de otro mundo; sensual, mágica, pura...

–Da igual. Discúlpame.

Se dirigió hacia la orilla y oyó una risa burlona detrás de él.

–Ten cuidado –le advirtió el duque de Alcázar–. La luz de la luna puede hechizarte y no me gustaría tener que asistir a otra boda por tu culpa.

Sharif no le hizo caso, levantó una mano para que sus guardaespaldas se quedaran donde estaban y siguió entre el revuelo de sus vestimentas blancas. ¿Dónde estaba?, se preguntó cuando llegó a la arboleda. ¿La había perdido? ¿La había soñado? Entonces, vio un movimiento y respiró aliviado. Había bajado más hacia la orilla. La siguió sigilosamente, como uno de los leones que hubo hacía siglos en Makhtar.

Ella se movía con mucha sensualidad. Él oyó que susurraba algo y entrecerró los ojos. Sin embargo, no había nadie más. Salió al claro como si temiera que pudiera desaparecer, pero, torpemente, pisó una rama. La mujer se dio la vuelta y se miraron fijamente. Su vestido no era blanco, como había creído, sino rosa claro. Tenía una piel muy blanca y tersa y las mejillas levemente sonrosadas. Calculó que tendría poco más de veinte años. Era de estatura mediana, tenía unos rasgos demasiado angulosos para ser hermosa en el sentido convencional, tenía una nariz recta y afilada, unas cejas oscuras y una barbilla firme, pero su boca era delicada y sus ojos, grandes, marrón oscuro y melancólicos. Además, estaban llenos de lágrimas.

–¿Quién es usted? –preguntó ella en un susurro.

Él parpadeó y frunció el ceño.

–¿No sabe quién soy?

–¿Debería saberlo?

Sharif supo que esa mujer tenía que ser de otro mundo. Todo el mundo conocía al jeque playboy que había recorrido todos los continentes con las mujeres más sofisticadas, al emir de Makhtar que se había gastado millones de euros en una noche con sus allegados, que siempre tenía cerca a seis guardaespaldas, que, según los rumores, tenía un dormitorio en su palacio que estaba hecho con diamantes, lo cual era falso, y que quiso comprar el Manchester United en una juerga, lo cual era cierto. ¿De verdad no sabía quién era o solo era una forma de hacerse la interesante? Él se encogió de hombros, pero la miró con detenimiento.

–Soy un invitado a la boda.

–Vaya. Yo también.

–¿Por qué está llorando?

–No estoy llorando.

Él vio que una lágrima le caía por la mejilla.

–¿No?

–No –contestó ella secándose la mejilla con rabia.

–¿Está enamorada del novio? –preguntó él ladeando la cabeza–. ¿Por eso llora?

–¡No!

–Se dice que la mitad de las mujeres de Londres lloraron cuando se enteraron de que Cesare Falconeri iba a casarse con su ama de llaves.

–¡Soy amiga de Emma!

–Entonces, ¿está llorando porque está pensando en seducirlo después de la luna de miel?

–¿Con qué tipo de mujeres se trata? –preguntó ella como si estuviese loco–. Yo nunca... –se secó las lágrimas otra vez–. ¡Me alegro por ellos! ¡Están hechos el uno para el otro!

–¡Ah! Entonces, será por otro hombre.

–No –insistió ella con los dientes apretados.

–Entonces, ¿por qué llora?

–Sea por lo que sea, no es de su incumbencia.

Él se acercó. Los dos estaban ocultos detrás de la arboleda y a orillas del lago. Casi podían tocarse. Oyó que ella tomaba aliento y retrocedía un paso involuntariamente. Perfecto. Se había fijado en él como él se había fijado en ella. Tenía unos ojos insondables, como una noche llena de estrellas y sombras. Nunca había visto unos ojos tan cálidos y con tantos secretos. Secretos que quería saber y calidez que quería sentir sobre su piel. Sin embargo, también era posible que solo quisiera olvidarse de sus pensamientos como fuese. Si era así, esa mujer era la forma ideal.

Arqueó una ceja y esbozó la sonrisa a la que ninguna mujer podía resistirse, al menos, a la que ninguna mujer había podido resistirse.

–Dígame por qué está llorando, *signorina*. Dígame por qué dejó la boda y vino sola a la orilla.

Ella separó los labios, los cerró y miró hacia otro lado.

–Ya le he dicho que no estoy llorando.

–También me dijo que no tenía ni idea de quién soy.

–Efectivamente.

Sharif decidió que, si una cosa era mentira, la otra, probablemente, también. Entonces, se dio cuenta de que no la deseaba porque quisiera olvidarse de las bodas y el matrimonio. Llevaba mucho tiempo aburrido. Anhelaba algo distinto, anhelaba a esa mujer y la conseguiría. ¿Por qué no? Aunque no supiera quién era o aunque estuviera fingiéndolo para captar su atención, esa mujer no tenía nada de mágico o singular, independientemente de lo que le dijera el cuerpo. Era distinta a las mujeres que solía tratar, pero, aparte de eso, solo era una desconocida hermosa y sabía muy bien cómo apañárselas con desconocidas hermosas.

–Está refrescando –comentó él en voz baja a la vez que extendía un brazo–. Volvamos a la villa. Seguiremos la conversación con una copa de champán, mientras cenamos.

–¿Con... con usted? –balbució ella sin moverse.

–No está casada –replicó él mirando su mano–. ¿Está comprometida?

Ella negó con la cabeza.

–No me lo parecía.

–¿Puede saberlo? –preguntó ella levantando la cabeza con orgullo.

–No parece una mujer casada –contestó él con una sonrisa sensual.

Ante su sorpresa, ella pareció enfurecerse, pareció como si la hubiese insultado gravemente.

–¿Por qué?

Por lo que estaba pensando hacer con ella esa noche, por las imágenes que se habían formado en su cabeza nada más verla. Imágenes de su cuerpo desnudo y de sus labios carnosos que gemían pegados a su piel. Habría sido imposible que el destino hubiese sido tan despiadado como para que ella ya estuviese atada a otro hombre. No obstante, creía que, estratégicamente, no era aconsejable explicárselo cuando sus ojos dejaban escapar destellos de furia.

–¿Por qué está tan enfadada? –preguntó él con el

ceño fruncido–. ¿Qué he podido decir que...? Ya entiendo.

–¿Qué entiende?

–El motivo para que haya venido a este sitio solitario junto a la orilla –él arqueó una ceja–. Me había olvidado de que las bodas afectan mucho a las mujeres. Seguro que lloró durante la ceremonia al soñar con la belleza del amor –sonrió al decir la última palabra–. Hay algún chico que le gustaría que le pidiera que se casara con él. Se siente sola y llora por eso. Por eso está furiosa, porque está cansada de esperar a su enamorado.

Ella se echó hacia atrás como si la hubiese abofeteado.

–Se equivoca en todo.

–Me alegro –murmuró él sinceramente–. En ese caso, y sea cual sea el motivo de su tristeza, esta noche no llorará más. Solo disfrutará –la miró a los ojos–. Pasará la noche conmigo.

Él siguió con el brazo extendido, pero ella se limitó a mirarlo fijamente.

–¿Eso es lo que usted considera una conversación trivial?

–Soy partidario de ir al grano –contestó él con una sonrisa.

–Entonces, es partidario de ser maleducado –ella levantó la barbilla sin tocarlo–. Discúlpeme.

Lo rodeó como si el multimillonario emir de Makhtar solo fuese un muchacho vulgar y se dirigió apresuradamente hacia la villa del siglo XVIII. Sharif la miró sin salir de su asombro.

«De esperar a su enamorado». Irene Taylor se repitió las palabras del apuesto emir como si fuesen una letanía. Parpadeó para contener las lágrimas. Con una crueldad involuntaria, había expresado el temor que había embargado su corazón durante la preciosa boda de su amiga, el motivo por el que se había ido sola, y con el corazón desgarrado, a la orilla del lago. Tenía veintitrés años y llevaba toda su vida esperando a su enamorado.

Había soñado con la vida y el hogar que quería desde que tenía cinco años. El primer día que fue al jardín de infancia, volvió llorando a su casa. Su casa estaba silenciosa, pero su vecina la había visto llegar llorando y con la fiambrera rota en la mano. Dorothy Abbott la había llevado a su casa y le había dado un vaso de leche y una galleta que acababa de hacer. Ella se había sentido reconfortada y deslumbrada. Vivir en una casita de campo rodeada por una valla blanca con un marido honrado que la quería, cuidando el jardín y haciendo galletas, podía ser maravilloso. Desde entonces, había querido tener lo que tuvieron Dorothy y Bill Abbott, quienes estuvieron casados durante cincuenta y cuatro años y se quisieron hasta que se murieron, con un día de diferencia.

También había sabido lo que no quería. Una casa destartalada en un arrabal desolador de un pueblo. Su madre estaba borracha casi todo el tiempo y su hermana, mucho mayor que ella, recibía a «caballeros» a todas horas, creía sus mentiras y aceptaba su dinero después. Se había jurado que su vida sería distinta, pero, aun así, cuando terminó el instituto, trabajó en empleos por el salario mínimo e intentó ahorrar para ir a la universidad, lo que no consiguió porque su madre y su hermana siempre necesitaban sus escasos ingresos.

Cuando Dorothy y Bill murieron, se sintió tan sola y triste que se enamoró del hijo del alcalde porque le sonrió. Aunque debería haber estado prevenida. Aun así, fue Carter quien consiguió que ella se marchara de allí.

«Solo quería divertirme un rato contigo, Irene. No me casaría contigo». Él soltó una risotada increíble. «¿Acaso creías que un hombre como yo, de mi procedencia, y una mujer como tú, de la tuya, podían...?» Sí, lo había creído. Se secó la nariz. Afortunadamente, no se acostó con Carter hacía dos años. La humillación de haberlo amado había sido suficiente para que se largara de Colorado y encontrara un trabajo en Nueva York primero y luego en París. Se convenció de que quería empezar de cero en un sitio donde nadie conociera la sórdida historia de su familia. Sin embargo, en el fondo, había soñado que, si se marchaba, podría volver segura de sí misma, elegante y delgada, como sacada de una película de Audrey Hepburn. Había soñado que volvería a su pueblo de Colorado con un traje de chaqueta ceñido y una sonrisa sofisticada, que Carter, nada más verla, querría entregarle su amor y su apellido.

Se sonrojó al acordarse y se secó las lágrimas con rabia. ¡Como si vivir en Nueva York y París pudiera obrar el milagro de convertirla en la mujer que amaría Carter! ¡Como si los vestidos de diseñadores y un peinado nuevo fueran a conseguir que él la sacara de esa casucha adonde acudían los hombres por la noche para «estar» con su madre y su hermana y la llevara a la enorme y centenaria mansión de los Linsey!

Ya no lo sabría nunca. En cambio, volvería a su pueblo peor que como se marchó. Sin empleo, arruinada y con todo el pan y cruasanes que se había comido en París, ni siquiera más delgada. Había creído que se forjaría una vida mejor. Conservó la esperanza de encontrar un empleo en París incluso después del desafortunado incidente por el que la despidieron hacía seis meses. Se había gastado todos sus ahorros, incluso los mil dólares que le dejaron los Abbott cuando murieron.

Se detuvo y cerró los ojos para intentar no sentir el dolor que le atenazaba la garganta.

«Esta noche no llorará más. Solo disfrutará». Todavía podía oír esa voz grave y ronca. «Pasará la noche conmigo». ¿Por qué ella? Siempre había intentado creer que la gente de su pueblo era tan despiadada con ella por la reputación de su familia. Sin embargo, ¿por qué el jeque había dado por supuesto lo peor de ella? ¿Por qué le había preguntado si pensaba seducir al marido de Emma y por qué había dado por supuesto que se acostaría con él solo con pedírselo?

Volvió a cerrar los ojos y se frotó la frente con una mano temblorosa. Le ardían las mejillas. Efectivamente, se había sentido atraída por él. ¿Cómo no iba a sentirse atraída una mujer por ese hombre con vestimentas completamente blancas, unos ojos negros e implacables y unos labios tan sensuales? Cualquiera se sentiría atraída por ese rostro apuesto y moreno, por ese cuerpo tan fuerte de espaldas tan anchas, por el halo de poder y riqueza sin límites que lo seguía como su grupo de guardaespaldas.

Si Carter estaba lejos de su alcance, el jeque lo estaba tanto que no podía ni verlo, como si estuviera en Júpiter. ¿Por qué iba a interesarse por ella un hombre como él?

Era verdad que había intentado arreglarse lo mejor posible por Emma, que se había cepillado la melena y que se había maquillado. Incluso, se había puesto las lentillas en vez de las gafas de culo de botella y llevaba un vestido muy bonito de marca, prestado. Sin embargo, eso no lo explicaba. ¿Le habría parecido fácil de conquistar porque estaba llorando junto al lago o tenía algún tipo de estigma que solo veían los hombres como Carter y el jeque?

Se acordó de que los penetrantes ojos negros de ese

hombre habían visto demasiado dentro de ella. «Se siente sola y llora por eso. Por eso está furiosa, porque está cansada de esperar a su enamorado». Dejó a un lado el recuerdo de su voz grave y sarcástica y tomó aliento.

No podía volver a Colorado, pero solo le quedaban veinte euros, un estudio en París que tenía pagado hasta el final de la semana y el billete de vuelta.

Oyó una campanilla y miró hacia la terraza. Allí estaba Emma, en ese momento, señora de Falconeri, que recibía a sus invitados para la cena en el exterior. Su marido, Cesare Falconeri, la miraba con una sonrisa mientras sujetaba al bebé en brazos. Emma había encontrado a su verdadero amor, se había casado con él y habían tenido un hijo. Eran felices y generosos. Cesare era un magnate de la hostelería y, sin preguntar nada, se limitaron a mandarle un billete de avión en primera clase con la invitación. Sonrió con melancolía. Fue toda una experiencia. El auxiliar de vuelo la atendió como si fuese alguien importante. Un disparate. La verdad era que no necesitaba billetes en primera clase, se conformaba con creer que algún día conseguiría lo que Emma y Dorothy Abbott habían conseguido: un marido al que amar y respetar y en el que pudiera confiar. Una vida feliz y criar hijos en un hogar acogedor.

Fue subiendo la cuesta con los demás invitados. La terraza era alargada y tenía tres grandes mesas con flores, velas y farolillos de colores que colgaban encima. Sintió un escalofrío a pesar de las estufas que había en las esquinas. Miró a la pareja y a su adorable bebé e intentó no hacer caso del dolor que sintió en el corazón. Naturalmente, se alegraba por Emma, pero se preguntaba si conseguiría lo mismo.

Tragó saliva, se dio la vuelta y se chocó con un muro de músculos. Contuvo el aliento, los zapatos de tacón se resbalaron y empezó a caerse, hasta que una mano la agarró de la muñeca.

–Gracias...

Entonces, vio el rostro del guapo y arrogante jeque, que la miraba con unos ojos penetrantes.

–¡Ah! –ella frunció el ceño–. Es usted.

Él no dijo nada y se limitó a levantarla. Notaba la calidez de su mano en la piel y algo más extraño. Él la miró mientras los invitados se reían y charlaban debajo de la celosía con glicinias.

–Gracias –repitió ella mientras retiraba el brazo con brusquedad.

Él, sin embargo, no se marchó, como había esperado ella. La miró con unos ojos tan negros como el cordón que rodeaba el tocado blanco que le cubría la cabeza.

–Me acusó de ser maleducado, *signorina* –dijo él en voz baja–. No lo soy.

Irene se frotó la muñeca inconscientemente, como si él se la hubiese quemado.

–Me insultó.

–¿Porque la invité a que pasara la noche conmigo? –preguntó él perplejo–. ¿Eso es un insulto?

–¿Está bromeando? ¿Qué es si no?

–Las mujeres suelen tomarlo como un halago –contestó él con asombro.

«Mujeres». Naturalmente, ¡había hecho lo mismo con un millón de mujeres distintas!

–Me alegro por usted –replicó ella con frialdad–. Supongo que así conseguirá que cualquier mujer se acueste con usted. Lo siento, pero yo no voy a seguir sus planes.

Él la miró fijamente con el ceño fruncido y los labios entreabiertos.

–¿Nos conocemos? –preguntó sin alterarse–. ¿Tiene algún motivo para despreciarme?

–No nos conocemos, pero sí tengo un motivo.

–¿Cuál?

–No sé quién es ni por qué ha decidido que yo sea su objetivo, pero conozco a los de su calaña.

–¿Mi... calaña?

–¿Quiere que se lo explique? Quizá hiriera sus sentimientos, aunque dudo que los tenga.

–Inténtelo.

–Puedo decir que es un playboy sin escrúpulos que, a los cinco segundos de conocerme, me acusó de querer seducir al marido de mi amiga, que dijo que estaba esperando a mi enamorado y que, afortunada de mí, ¡usted era el hombre indicado! ¿Cómo se atreve a fingir que puede ver dentro de mí y a escarbar en mi corazón de una forma tan maleducada y egoísta? Podría decir todo eso, pero no lo haré porque es la boda de Emma y se merece un día perfecto. No quiero organizar una escena porque me enseñaron que, si no puedes decir algo agradable, es mejor no decir nada –eso se lo había enseñado Dorothy Abbott–. Algunas personas tienen buena educación. Si me disculpa...

Fue a darse la vuelta, pero la agarró otra vez de la muñeca. Ella miró con furia su mano y luego su rostro. Él la soltó inmediatamente.

–Por supuesto, *signorina* –él levantó las dos manos–. Tiene razón. Fui un maleducado. Le ruego que me disculpe. Cuanto más la conozco, más cuenta me doy del error que cometí. Naturalmente, no quiere un enamorado. Ningún hombre en su sano juicio querría ser su enamorado. Sería como seducir a un cactus –se inclinó ligeramente–. Discúlpeme, *signorina*, y no permita que la aleje de su ansiada soledad.

Se dio la vuelta y se alejó tranquilamente. Irene, boquiabierta, se quedó mirándolo mientras desaparecía entre la multitud. Cerró la boca de golpe y dio una patada en el suelo. «¡Ansiada soledad!». ¡Menudo majadero!

Al menos, ya no estaba mirándola ni tocándola y podía pensar. Sus ojos negros ya no veían dentro de su alma. Había querido librarse de él y lo había conseguido. Conocía a los de su calaña, aunque no exactamente. En Colorado había pocos jeques con todos sus ropajes y guardaespaldas alrededor. Sin embargo, sí conocía a los playboys. No lo había juzgado mal.

Aun así, pensó en esos ojos negros, en cómo se le había acelerado el corazón al verlo junto al lago y a la luz de la luna. En ese preciso instante, había anhelado apasionada e irreflexivamente que alguien la amara. Pensó en el estremecimiento que sintió solo porque le había tocado la muñeca. Se alegraba de haberlo ahuyentado. Prefería estar sola y ser virgen toda la vida que entregar su corazón a cambio de nada. Ella quería otra cosa.

Después del primer día en el jardín de infancia, cuando Dorothy la reconfortó y Bill fue al colegio para poner en su sitio a los acosadores, había empezado a pasar las tardes con la pareja de jubilados. Había intentado fingir que la acogedora casita de los Abbott era su verdadero hogar. Un día, cuando ya era mayor e intentaba no hacer caso de las burlas de las otras chicas y de las descaradas proposiciones de los chicos del instituto, le preguntó a Dorothy cómo se conocieron Bill y ella. Dorothy sonrió.

–Nos casamos con dieciocho años. Los dos éramos vírgenes, estábamos nerviosos y no teníamos dinero. Todo el mundo creía que éramos demasiado jóvenes –se rio y dio un sorbo de infusión de menta–. Sin embargo, sabíamos lo que queríamos. Esperarlo hizo que fuese especial, como un compromiso entre los dos. Ya sé que, hoy en día, la gente cree que el sexo no es nada especial, que es un momento de placer que se olvida enseguida. Para nosotros, era sagrado, una promesa tácita, y nunca nos arrepentimos.

Oyó la historia cuando tenía dieciocho años y se juró que ella también esperaría al amor verdadero. Había visto que su madre y su hermana tenían todo tipo de aventuras hasta que no quedaron ni promesas ni placer ni alegría. Ella quería una vida distinta. Su amor sería duradero.

Estuvo a punto de echarse a perder con Carter, pero no se repetiría. Además, sabía con toda certeza que un hombre como el jeque no la amaría sinceramente ni siquiera durante una hora. Había hecho bien al ahuyentarlo.

Aun así, se sintió aliviada cuando comprobó que la habían sentado en el extremo opuesto de la mesa. Mientras los veinte invitados a la boda charlaban animadamente mientras cenaban, él se mantuvo distante. Irene intentó no mirar en su dirección, pero notó sus ojos negros clavados en ella. Hizo acopio de valor, miró al extremo de la mesa y lo vio riéndose con dos chicas que parecían supermodelos. Miró hacia otro lado con cara de pocos amigos. Había sido una necia al creer que estaba mirándola. No podía entender por qué lo había pensado...

Los farolillos que colgaban encima de la mesa se balanceaban con la brisa y la luna parecía una perla en un cielo de terciopelo. Después de brindar con champán, cuando la deliciosa cena había terminado, el servicio de la villa retiró las mesas y la terraza se convirtió en una improvisada pista de baile. Un hombre moreno con ojos soñadores sacó una guitarra y empezó a tocar. Vio un destello blanco por el rabillo del ojo y su cuerpo se puso en alerta. Sin embargo, se dio la vuelta y comprobó que era Emma con su bebé en brazos.

—¿Te importa sostenérmelo para que abra el baile?

—Me encantaría —contestó ella con una sonrisa tomando a Sam. Sin embargo, se le ocurrió algo y le tocó el brazo a Emma–. Uno de tus invitados es un jeque, ¿quién es?

Emma parpadeó y frunció el ceño. Miró a izquierda y derecha e inclinó la cabeza.

–Es el jeque Sharif al-Aktoum, el emir de Makhtar.

–¿Emir? –preguntó Irene asombrada–. ¿Quieres decir el rey de todo un país?

–Sí –Emma se puso recta y la miró muy elocuentemente–. Es muy rico, muy poderoso y muy famoso por haberles roto el corazón a muchísimas mujeres.

–Solo era curiosidad.

–No tengas mucha curiosidad por él –replicó Emma con seriedad–. Que Cesare se haya reformado y ya no sea un playboy no quiere decir que...

–Me había olvidado de que Cesare también era un playboy.

–Lo era –Emma suspiró–. Yo le compraba relojes como regalos de despedida a sus aventuras de una noche. En realidad, los compraba al por mayor. Irene, la cuestión es que la mayoría de los playboys no cambian nunca. Lo sabes, ¿verdad?

–Perfectamente.

–Muy bien.

Irene volvió a sentarse en la silla con el bebé y el señor y la señora Falconeri salieron de la mano a la pista de baile. Se dejaron llevar por la música y se miraron apasionadamente a los ojos como si no hubiera nadie más. Al verlos, la melancolía se adueñó del corazón de Irene.

Un hombre la miraría así algún día y ella tendría un bebé como aquel. Cuando llegara el momento, cuando quisiera el destino, conocería al Único. Se enamorarían y se casarían. Trabajarían mucho, se comprarían una casa y tendrían hijos. Harían las cosas como era debido.

¿Y si no pasaba nunca? ¿Y si se pasaba toda la vida

esperando, trabajando mucho y haciendo lo que tenía que hacer y acababa sola y arruinada? Cerró los ojos con fuerza. Tenía que tener fe.

—¿No baila, *fräulein*?

Levantó la mirada y tomó aliento, pero no vio al emir de Makhtar, sino a un hombre rubio, con ojos azules y muy solemne.

—No, gracias —contestó ella sintiéndose incómoda.

Entonces, se acordó de que el jeque la había comparado, injusta y equivocadamente, con un cactus, hizo un esfuerzo por sonreír y señaló al bebé que tenía en brazos.

—Es muy amable, pero no puedo. Estoy acunando a Sam mientras ellos bailan.

—Ah. Es una pena —comentó el hombre con acento alemán.

—Sí, lo siento.

Se sintió enormemente aliviada cuando él se marchó. No sabía cómo reaccionar. ¿Dos hombres se la disputaban en una noche? No le había pasado nunca durante el año que llevaba en París. Aunque, claro, tampoco llevaba vestidos tan elegantes como ese. Aun así, no era ni la mitad de sofisticada, hermosa y delgada que las demás invitadas. Conocía sus defectos. El tupido pelo negro era su orgullo, pero, aparte de eso, era rellenita, de nariz respingona y veía muy mal. Parpadeó porque las lentillas todavía le molestaban. Estaba acostumbrada a llevar gafas y también a parecer invisible. Estaba acostumbrada a quedarse en casa leyendo un libro o a pasar desapercibida en un rincón.

—Buenas noches, señorita.

Irene volvió a levantar la mirada al oír la voz grave e insinuante. Era el hombre español que había estado tocando la guitarra.

—Es usted impresionante —soltó ella impulsivamente.

–Quién fue a hablar... –replicó el español con una sonrisa maliciosa.

–Quería decir su música –explicó ella sonrojándose–. Pero, si está aquí, ¿quién...? –ella se dio la vuelta y vio a un grupo de cuatro músicos–. Toca muy bien la guitarra.

–Le aseguro que es el menor de mis talentos. ¿Le gustaría bailar?

–Oh...

Ella se sonrojó más. ¿Otro playboy muy atractivo que coqueteaba con ella? Era muy raro. ¿Habría pagado Emma a los invitados más atractivos para que le hiciesen caso y así aumentar su confianza en sí misma? Sin embargo, no creía que esos hombres estuviesen necesitados de dinero. Se mordió el labio inferior y volvió a señalar al bebé, que estaba dormido.

–Lo siento, pero Emma me lo ha dejado para que lo cuide. Sin embargo, gracias.

–Otra vez será –murmuró el español antes de dirigirse hacia una de las supermodelos con las que había estado hablando el jeque.

Irene miró al bebé que tenía en el regazo. Al menos, estaba segura de que nadie había tenido que pagar a Sam para que estuviera a gusto con ella.

–Tiene que ser agotador que cuanto más arisca se muestra, más pretendientes tiene que quitarse de encima.

Irene sintió una descarga eléctrica por todo el cuerpo. Miró hacia atrás y vio al jeque con un brillo burlón en los ojos. Intentó disimular el estremecimiento.

–Usted lo sabrá muy bien –replicó ella mirándolo de soslayo–. ¿Acaso no dice a las mujeres que no significan nada para usted, que solo son otra muesca en el poste de su cama, y a ellas les gusta tanto la idea que caen rendidas a sus pies pidiéndole que las tome allí mismo?

Sus ojos negros dejaron escapar un destello y se acercó un paso más.

–Pídamelo usted, señorita Taylor, y compruebe lo que pasa –contestó él en voz baja.

Ella volvió a estremecerse, se humedeció los labios con la lengua y levantó la cabeza.

–Eso es algo que no haré nunca, ni en un millón de años.

–Creo que, si lo intentara de verdad, conseguiría que lo hiciera –murmuró él.

La miró con unos ojos abrasadores y ella notó que se le secaba la garganta, que se le derretía el cuerpo y que el cerebro se le reblandecía.

–No se moleste en intentarlo –consiguió farfullar ella–. No lo conseguiría.

–Siempre lo consigo.

–¿Siempre?

–Siempre.

Se miraron fijamente y algo muy primario vibró entre ellos. La gente se convirtió en una mancha de color y en ruido. Ella notó que el tiempo se detenía. Hasta que el corazón empezó a latirle otra vez.

–Me ha llamado por mi nombre. ¿Cómo lo sabe? ¿Ha preguntado por mí?

–Tenía curiosidad –contestó él arqueando una ceja.

–Yo también sé que es el famoso emir playboy.

Él inclinó la cabeza como si fuese a decirle un secreto.

–Yo también sé algo de usted, señorita Taylor.

–¿Qué?

El emir le tendió la mano con una sonrisa indolente y sensual.

–Que no ha querido bailar con esos hombres porque quiere bailar conmigo.

Capítulo 2

LA INTENSIDAD de su mirada la dejó clavada como una mariposa con un alfiler, la dejó impotente, temblorosa y con el corazón acelerado.

–Yo quiero bailar con usted, señorita Taylor, lo deseo mucho.

Tenía lá garganta seca y la cabeza embarullada, pero resopló cuando se acordó de Sam.

–Lo siento, pero no puedo. Prometí cuidar al bebé y...

Desafortunadamente, la madre de Sam se acercó en ese momento y lo tomó en brazos.

–Es hora de que lo lleve a la cama –comentó Emma mientras lo estrechaba contra el pecho y miraba al jeque con recelo–. Ten cuidado –le susurró a Irene.

–No te preocupes –replicó ella.

¿Acaso su amiga no sabía que podía defenderse sola? No era tan ingenua.

–De acuerdo –murmuró Emma antes de dirigirse al jeque con desenfado–. Si me disculpa...

Irene lo miró sin saber qué habría oído, pero comprobó que lo había oído todo. Él esbozó una sonrisa burlona y arqueó una ceja.

–Solo es un baile –dijo él lentamente ladeando la cabeza–. No puede tener miedo de mí.

–Ni el más mínimo –mintió ella.

–Entonces...

Él tendió la mano como un príncipe del siglo XVIII

que esperaba a su dama. Ella miró la mano tendida y vaciló al acordarse de la reacción de su cuerpo cuando le tocó la muñeca. Sin embargo, como había dicho él, esa vez solo le pedía bailar, no tener una tórrida aventura. Había mucha gente y un baile les demostraría a los dos que no le tenía miedo, que podía dominar las reacciones de su cuerpo. Si bailaba un baile, él dejaría de estar intrigado por sus negativas y la dejaría en paz el resto del fin de semana, se dedicaría a otra mujer más receptiva.

Posó lentamente la mano en la de él, se estremeció al notar la descarga eléctrica cuando los dedos se entrelazaron y notó el calor de su piel. Su atractivo rostro era inescrutable mientras la llevaba a la improvisada pista de baile. La luz de la luna convertía a las glicinias en ramilletes de plata, como si fuese magia. La estrechó contra sí y la llevó al ritmo de la música. La miró y ella notó que empezaba a sudar a pesar de que la brisa era bastante fresca.

—Señorita Taylor, dígame el verdadero motivo de que me rechace como a los demás hombres que hay aquí.

—Se lo diré si usted me dice algo antes.

—¿Qué?

—¿Por qué ha insistido? —ella miró a las mujeres que los miraban con envidia desde el borde de la pista—. Esas mujeres son mucho más hermosas que yo y, evidentemente, quieren estar entre sus brazos. ¿Por qué me ha sacado a bailar cuando lo más probable era que me negara?

Él dio un giro y se detuvo.

—Sabía que no se negaría.

—¿Por qué?

—Ya se lo dije. Siempre consigo lo que quiero. Quería bailar con usted y sabía que usted también quería bailar conmigo.

—Es muy arrogante.

–No es arrogancia, es la verdad.

–Acepté bailar con usted solo para que comprobara que no tengo nada especial y que me dejara en paz –replicó ella con el corazón acelerado.

–Si eso era lo que pretendía, no lo ha conseguido.

–Soy aburrida –susurró ella–. Soy invisible y anodina.

Él le acarició la espalda mientras bailaban.

–Se equivoca. Es la mujer más intrigante que hay aquí. Me sentí atraído por su mezcla de experiencia e inocencia desde que la vi a la orilla del lago –inclinó la cabeza para susurrarle al oído y ella notó la calidez de su aliento–. Quiero desvelar todos sus secretos, señorita Taylor.

Él se apartó un poco y ella lo miró con los ojos como platos. Intentó hablar, pero no pudo y él entrecerró los ojos en un gesto burlón, masculino y altivo.

–He contestado a su pregunta –siguió él–. Ahora, conteste usted a la mía. ¿Por qué ha rechazado a todos los hombres de la boda que han hablado con usted? ¿Tiene algo personal contra ellos o le disgustan los multimillonarios por principio?

–¿Multimillonarios?

–El magnate alemán de la industria automovilística ha estado casado tres veces, pero todavía es muy codiciado por todas las cazafortunas de Europa. Mi amigo español, el duque de Alcázar, es el segundo hombre más rico de España.

–¿Duque? ¿Está de broma? ¡Creía que era músico!

–¿Lo habría tratado de otra manera si lo hubiese sabido?

–No. Es que me sorprende. Toca muy bien la guitarra y los hombres ricos no suelen esforzarse tanto, esperan que otros los entretengan a ellos. Les da igual que alguien quede con el corazón maltrecho por intentar ganar su atención, su amor...

Se calló, pero ya era demasiado tarde. Lo miró aterrada y él la miró elocuentemente.

–Siga –le pidió él en un murmullo–. Cuénteme más cosas que hacen los hombres ricos.

–No son mi tipo, nada más –contestó ella mirando hacia otro lado–. Ninguno de ustedes.

–Un alemán multimillonario, un duque español, el emir de Makhtar, ¿ninguno somos su tipo?

–No.

Él se rio levemente con incredulidad.

–Debe de tener un tipo muy concreto. Los tres somos completamente distintos.

–Son exactamente iguales.

–¿Qué quiere decir? –preguntó él con los ojos entrecerrados.

–Excelencia... Disculpe, pero ¿cómo tengo que dirigirme a usted?

–Normalmente, el término correcto es «Alteza», pero como sospecho que está a punto de insultarme, llámeme Sharif, por favor.

–Sharif –repitió ella con una risa sarcástica.

–Yo te llamaré Irene.

Él lo dijo con una voz grave y ronca que le dio un tono musical. Nunca había oído su nombre así y le pareció sensual. Tomó aliento para controlar un estremecimiento mientras seguían bailando entre otras ocho parejas. El novio y la novia habían desaparecido, el vino corría en abundancia y los farolillos que colgaban de la glicina brillaban en la oscuridad de la noche.

–Explícame por qué soy igual que todos los hombres –le pidió él en tono sombrío.

Ella tuvo la sensación de que no estaba acostumbrado a que lo compararan con nadie, ni con duques o magnates.

–No que todos los hombres. Solo... –ella miró alrededor– solo que los hombres que hay aquí.

–¿Porque te he sacado a bailar? –preguntó él apretando los dientes.

–No. Bueno, sí. Todos sois unos playboys arrogantes que esperáis que las mujeres se acuesten inmediatamente con vosotros y estáis muy pagados de vosotros mismos porque soléis tener razón.

–Soy un presuntuoso.

–No es culpa tuya... del todo. Eres egoísta y no tienes escrúpulos para conseguir lo que quieres, pero las mujeres son lo bastante ingenuas como para creerse esas falsas promesas de amor.

–Falsas promesas. Entonces, soy un mentiroso además de presuntuoso.

–Estoy intentando decirlo con delicadeza, pero tú me lo has preguntado.

–Es verdad –la estrechó más contra sí y ella pudo notar la dureza de su cuerpo bajo las vestimentas blancas–. Nos hemos presentado hace cinco minutos, pero crees que ya me conoces.

–Fastidia, ¿verdad? Es exactamente lo mismo que me hiciste a mí.

Sharif se detuvo en medio de la pista de baile y la miró.

–Nunca he hecho una promesa de amor falsa a una mujer. Nunca.

Entonces, se percató de lo alto, fuerte y poderoso que era. La sobrepasaba en todos los sentidos y tenía un brillo en los ojos que habría asustado a una mujer más apocada, pero no a ella.

–Es posible que no hayas hecho la promesa con palabras, pero estoy segura de que lo has insinuado. Con tus atenciones, tu mirada, tu contacto. Estás haciéndolo ahora.

Él la estrechó contra sí con altivez y la miró con unos ojos abrasadores.

–¿Qué insinúo?

–Que podrías amarme –susurró ella–. No solo esta noche, sino para siempre.

Los dos se quedaron inmóviles durante un segundo, hasta que ella se apartó hasta donde una institutriz habría considerado una distancia prudencial.

–Por eso no he bailado con los otros –siguió Irene–. Por eso no me interesáis ni tú ni los hombres como tú, porque conozco vuestro encanto seductor y solo es una mentira.

Sharif la miró fijamente y arqueó una ceja con una sonrisa maliciosa.

–Entonces, crees que soy encantador y seductor.

–Ya lo sabes.

Se miraron a los ojos y el deseo se apoderó de ella en una ardiente oleada. Hizo que temblara, notó la calidez y la fuerza de su cuerpo, le flaquearon las rodillas.

«La mayoría de los playboys no cambian nunca. Lo sabes, ¿verdad?». No necesitaba la advertencia de Emma. Lo había aprendido por las bravas durante la infancia y con Carter. Lo había aprendido en carne propia. Soltó bruscamente a Sharif.

–Sin embargo, pierdes el tiempo conmigo –Irene observó a las hermosas mujeres que lo miraban con avidez y esbozó una sonrisa–. Prueba con una de ellas.

Se dio media vuelta, se alejó y rezó para que él no se diera cuenta de que estaba temblando.

La había infravalorado. Sharif apretó los dientes y salió de la pista de baile solo. Se abrió paso entre las mujeres y alguna intentó hablar con él.

–Alteza, qué sorpresa...

–Hola, nos conocimos en una fiesta, ¿se acuerda...?

–A mí me encantaría bailar con usted, Alteza, aunque ella no...

Él siguió andando sin molestarse en contestar. Después de todo, quizá fuese un maleducado, pero, de repente, esas mujeres flacas, con labios rojos y pómulos altos le parecieron invisibles. No era culpa de ellas. Todas las mujeres eran invisibles porque solo le interesaba una, la que no tenía miedo de decirle la verdad, la que no tenía miedo de insultarlo y la que lo había abandonado sin ningún esfuerzo. La señorita Irene Taylor, de Colorado, un estado montañoso enclavado en el centro de Estados Unidos que solo conocía de haber ido a esquiar a Aspen.

Según ella, no tenía nada especial. Sacudió la cabeza con incredulidad. ¿Cómo podía creer sinceramente eso? La deseaba y la conseguiría, pero ¿cómo?

–¿Te diviertes?

Sharif se detuvo y tardó un segundo en ver a Cesare Falconeri, el novio, aunque lo tenía delante.

–Tu boda es apasionante –contestó él–. Es la más interesante a la que he ido en mi vida.

–*Grazie*. A Emma le encantará oírlo –Cesare sonrió–. Además, esto solo es el principio. Mañana celebraremos la ceremonia civil en el pueblo y después habrá diversiones durante todo el día, hasta el baile de la noche. Reservad algo de energía, Alteza.

Sharif se relajó mientras Cesare se alejaba. Le quedaban dos días. Notó que recuperaba la confianza. ¿Por qué iba a preocuparse? Tenía el resto del fin de semana para seducirla. Ella ya se había delatado. Lo deseaba. Se resistía a su propio deseo y eso nunca daba resultado, la fuerza de voluntad siempre acababa cediendo. Él ganaría si tenía vigor para aguantar un asedio largo y trabajoso. Pensó en ella. Claro que tenía ese vigor.

Todo el día siguiente y un baile que duraría hasta bien entrada la noche. Cuando terminara, ella estaría en su cama. La seduciría, se acostaría con ella, se saciaría con ella y, a la mañana siguiente, se separarían respetuosamente después del desayuno. No le importó que a Irene no le gustara que fuese un playboy. Quizá tuviese motivos para temer alguna consecuencia sentimental si se relacionasen con asiduidad, pero se movían en círculos distintos y eso era muy improbable. Esa villa italiana estaba al margen del tiempo y el espacio. Sería un recuerdo agradable para los dos, nada más. Una noche juntos no podía despertar el amor ni en una mujer tan romántica como Irene Taylor. Sería joven, pero tenía un alma mayor. Lo había visto en sus ojos y lo había oído en su voz cuando hablaba del egoísmo de los playboys. Alguno debía de haberle hecho daño.

Él la aliviaría del dolor de ese recuerdo y ella lo aliviaría del dolor que se le avecinaba. Él la colmaría de placer. Sería una noche que no olvidarían jamás. Ella había ganado la batalla esa noche, pero él ganaría la guerra. Se sintió exultante mientras volvía a la villa. Los seis guardaespaldas lo siguieron en silencio y fueron dirigiéndose a las habitaciones que les habían asignado, menos dos que se quedaron en la puerta de la suite. Una vez dentro, se sonrió mientras se quitaba el tocado y se pasaba los dedos entre el pelo. Estaba sudoroso, pero no le extrañó porque todo su cuerpo se había acalorado desde el momento que vio a la señorita Taylor. Iba a ir al cuarto de baño para ducharse cuando oyó que sonaba su móvil. Miró la pantalla y apretó las mandíbulas con tensión.

–¿Le ha pasado algo a Aziza? –preguntó en vez de saludar.

–Bueno...

Gilly Lanvin, la veinteañera de buena familia que

había contratado como señorita de compañía de su hermana menor alargó todo lo que pudo la palabra.

–¿Le ha pasado algo? –volvió a preguntar con impaciencia–. ¿Me necesita?

–No... –reconoció la joven a regañadientes–. Solo me preguntaba cuándo volverá al palacio.

–Señorita Lanvin, tiene que dejar de llamarme. Usted es la señorita de compañía de mi hermana, nada más. No me obligue a reemplazarla cuando falta tan poco para que ella se case.

–No, Alteza. Lo siento si le he interrumpido. He creído que quizá estuviese solo, he creído...

Él cortó la llamada antes de tener que oír lo que había creído. Tenía que reemplazarla. Lo supo desde que empezó a dirigirle miradas hacía dos meses. Sin embargo, Aziza la apreciaba. Había esperado pasarlo por alto hasta la boda de Aziza, cuando ya no necesitaría una señorita de compañía y podría devolver a la joven a Beverly Hills en el primer vuelo.

Solo faltaban tres meses para que su hermana estuviese casada y dejara de ser un problema para él. Entró al cuarto de baño de mármol blanco y terminó de desvestirse. Abrió el grifo del agua caliente y volvió a pensar en la deliciosa señorita Taylor. Dio rienda suelta a la fantasía y se la imaginó desnuda en esa ducha, apoyada en la pared, jadeante mientras él la tomaba con todas sus fuerzas... La noche siguiente. Antes si estaba en plena forma.

Se metió desnudo en la cama y durmió muy bien. Soñó con todo lo que pensaba hacer con Irene Taylor en esa misma suite antes de que terminara el día siguiente.

Cuando se despertó, la luz dorada del sol entraba por los ventanales. Se levantó sonriente, se lavó los dientes, se afeitó y se vistió con esmero. No se pondría la vestimenta tradicional de Makhtar. Sacó del armario una camisa blanca y un traje hecho a medida en Londres. Se miró al espejo y sonrió mientras se pasaba los dedos entre el pelo. La poseería esa noche.

Bajó a desayunar con los demás invitados y pronto llegaron el novio y la novia, estaban felices y sonrojados, pero no parecían nada cansados. Sin embargo, no había ni rastro de Irene. Él esperó. Los invitados se arremolinaron alrededor de las limusinas para que los llevaran a la ceremonia civil que tendría lugar en el pueblo. Aun así, él esperó y despidió con la mano a Falconeri.

—No he terminado el café —le dijo como excusa.

Su amigo lo miró como si no fuese una buena excusa para ausentarse de su boda, pero todos se marcharon y la villa se quedó en silencio. Cinco minutos después, oyó unos tacones en el vestíbulo de mármol y suspiró con alivio. Sonrió cuando Irene irrumpió en el comedor.

—¿Llego tarde? —exclamó ella.

—Se han ido hace cinco minutos —contestó él levantando la mirada del periódico.

Le pareció más hermosa, incluso, que la noche anterior. Llevaba unos zapatos negros de tacón alto y un vestido estilo años cincuenta que resaltaba su figura de reloj de arena con una chaqueta rosa y perlas. Como maquillaje, solo se había pintado los labios de un rosa intenso, lo cual, acentuaba las ojeras que tenía debajo de los inmensos ojos oscuros. Seguramente, los sueños sensuales de ellos haciendo el amor no habían sido tan placenteros como para él.

—¡Mierda! No puedo creerme que me haya quedado dormida en el día más especial para Emma. ¡Soy la peor amiga del mundo!

—Tiene tres días especiales —comentó él—. No exageres, no importa.

—Es increíble que haya sido tan descuidada —se frotó

los ojos con las manos–. He debido de apagar el despertador. Estaba muy cansada, no me dormí hasta...

–Vaya –la interrumpió él en un tono sugerente–, ¿hubo algo que te desveló?

Ella abrió la boca, pero volvió a cerrarla de golpe.

–Da igual.

Alcanzó la cafetera de plata y una taza de porcelana con el reborde de oro y miró el periódico que estaba leyendo él, en árabe, mientras se servía el café con kilos de leche y azúcar.

–¿Qué estás leyendo?

–El periódico de hoy de mi país.

–¿De hoy? ¿Cómo lo has conseguido?

–Me lo han traído en avión.

–¿No puedes leerlo por Internet?

–Me gusta el papel.

–Entonces, tienes un vuelo solo para que te traigan...

–Sí –volvió a interrumpirla él.

–Ridículo –farfulló ella mientras lo miraba con el ceño fruncido desde el extremo opuesto de la mesa–. ¿Esperas que haya alguna guerra hoy?

–¿Guerra?

Sharif dejó la taza en el platillo sin inmutarse. Irene miró a los cuatro guardaespaldas que estaban como estatuas en los rincones de la habitación.

–¿Has traído a tu ejército al desayuno?

–Soy el emir de Makhtar.

–¿Tienes miedo? –preguntó ella resoplando y mirando alrededor–. Aquí no puede pasarte nada.

–Es el protocolo –replicó él encogiéndose de hombros.

–A mí me parece infernal tener a cuatro niñeras como armarios que te siguen a todos lados. Aunque, al menos, te facilita librarte de tus amantes a la mañana siguiente.

–¿Quiere provocar una discusión conmigo, señorita Taylor?

–Dijiste que ibas a llamarme Irene, pero sí, quiero provocar una discusión. Tú has tenido la culpa de que me haya quedado dormida. Tú me has desvelado toda la noche.

–¿Has soñado conmigo? –preguntó él sin poder creérselo.

–¿Soñar? –inquirió ella como si se hubiese vuelto loco–. Los gemidos y golpes que oí en la habitación de al lado no eran un sueño. Todo ello fue muy largo y... atlético. Me alegro de que me hicieras caso y encontraras a otra mujer dispuesta a... agradarte.

–¿Largo? –la miró con un brillo malicioso en los ojos–. ¿Atlético?

–Olvídalo.

–Me halaga que hayas dado por supuesto que era yo.

–Claro que eras tú y no te agradezco que me hayas desvelado toda la noche. Me he perdido la ceremonia civil de la boda de Emma por tu culpa. ¡La próxima vez, pídele a tu pareja que se ahorre sus comentarios sobre tus acrobacias!

–Te agradezco el cumplido, pero no era yo.

–Ya...

–No era yo –insistió él mirándola fijamente.

Ella también lo miró fijamente, hasta que cambió de expresión y pareció abochornarse más.

–Lo siento –ella se frotó los ojos con rabia–. Estoy estropeándolo todo.

–¿De verdad te altera tanto perderte la ceremonia civil?

Ella parpadeó para contener las lágrimas.

–No me pierdo cosas así. La gente siempre cuenta conmigo. Ella podría necesitarme para que me ocupara del bebé durante la ceremonia, ella podría molestarse porque no estoy allí...

—Con tantos invitados, es posible que no se dé cuenta de tu ausencia.

—Le he fallado.

—Te has dormido. Son cosas que pasan.

—A mí no —volvió a frotarse los ojos—. Nunca me lo perdonaré.

—¿Por qué? —preguntó él con delicadeza—. ¿Por qué tienes que ser la única perfecta?

—Porque, si no lo soy, entonces...

—¿Qué?

—Entonces no soy mejor que...

—¿Quién?

Ella dejó de golpe la taza en el platillo y cerró la boca.

—Da igual, lo he hecho muy mal y está empezando a ser una costumbre.

Lo que menos la apetecía a él era soportar otra boda, y menos en un registro civil italiano. Sin embargo, miró el rostro desdichado y algo regordete de ella y se levantó de la mesa.

—Tengo el coche guardado en el garaje y el chófer está por aquí...

Irene levantó la mirada y contuvo el aliento.

—¿Me llevarías?

—Te llevaría a donde quisieras y cuando quisieras —él arqueó una ceja con descaro—. Creía que estaba claro.

Ella se sonrojó, pero se mantuvo en sus trece.

—Su boda...

—Yo, personalmente, creo que asistir a una boda es más que suficiente, pero si te importa tanto...

—¡Me importa!

—Entonces, te llevaré cuando estés preparada —concedió él con una sonrisa para sus adentros.

Ella se levantó mientras se terminaba ese café rebosante de leche.

–Ya estoy preparada –afirmó con un brillo de gratitud en los ojos–. ¡Retiraré todas las cosas espantosas que he dicho de ti!

Impulsivamente, lo rodeó con los brazos. Él notó todo su cuerpo a través de la tela del traje y se estremeció. Ella se puso rígida y se apartó abriendo mucho los ojos. Él la miró.

–Puedes besarme si crees que es lo que tienes que hacer –dijo él con indolencia.

–Ahora que lo pienso, sigo opinando exactamente lo mismo –ella, cohibida, miró a los guardaespaldas–. ¿Cuándo podemos marcharnos?

–Ahora mismo.

Él levantó la mano y los cuatro guardaespaldas los siguieron mientras salían de la villa.

–Es ridículo –susurró Irene agarrada de su brazo–. ¿No te sientes... como un prisionero al que llevan a su celda?

El sentimiento que había estado intentando eludir por todos los medios brotó dentro de él y por un motivo que no tenía nada que ver con sus guardaespaldas. Era lo que llevaba veinte años atenazándolo, lo que, pronto, iba a aprisionarlo para siempre, lo que había intentado asimilar al ir a esa boda.

–Estoy acostumbrado –replicó él lacónicamente.

–Entiendo que necesites guardaespaldas –insistió ella–, pero parece como si no pudieras tener vida privada, ninguna vida en realidad, cuando tienes un muro tan grueso entre tú y el resto de...

Ella se quedó muda y él sonrió mientras miraba su expresión de pasmo al ver el inmenso Rolls Royce con banderas diplomáticas. Un chófer uniformado les abrió la puerta. Sharif le indicó que entrara primero, lo cual hizo que los guardaespaldas se miraran desde detrás de las gafas de sol. A él le daba igual lo que pudieran pensar de esa infracción del protocolo y entró detrás de ella. Ella, una vez dentro, y boquiabierta, se sentó lo más alejada de él que pudo.

–¿Tanto miedo tienes de estar cerca de mí?

–Umm... Estaba haciendo sitio.

–¿Sitio?

–Para todos los guardaespaldas.

–Uno se sentará al lado del chófer –le explicó él con una sonrisa–. Los demás, nos seguirán.

–Ah... Pero hay sitio de sobra. Este coche es ridículo.

–Me alegro de que te guste.

–No he dicho eso. Aquí cabría todo un equipo de fútbol, aquí podría vivir una familia de cinco...

Volvió a quedarse muda cuando se dio cuenta de que él estaba mirándole las piernas, de que la falda se le había subido y dejaba ver sus muslos. Se puso muy recta y se la bajó recatadamente. Él no disimuló la sonrisa porque sabía que esa noche acariciaría y besaría cada centímetro de la piel que ella estaba intentando ocultar y ella acariciaría y besaría cada centímetro de la de él. Sus defensas se derrumbarían y se dejaría llevar por el deseo. Cuando se desatara la pasión abrasadora que percibía debajo de esa fachada, los dos quedarían reducidos a cenizas.

–¿Por qué sonríes? –preguntó ella con recelo.

–Por nada –contestó él sin dejar de sonreír.

Sharif miró por la ventanilla, aunque notaba todos los movimientos de Irene y se deleitaba con el deseo que iba creciendo dentro de él. No recordaba cuándo había deseado tanto a una mujer.

Al cabo de unos minutos, la limusina y el todoterreno con los guardaespaldas se detuvieron delante de un edificio anodino que se elevaba al borde de un barranco que daba al lago. Irene se bajó sin esperar a que le abrieran la puerta y se quedó en la acera.

–¿Estás seguro de que es este sitio? –le preguntó a Sharif parpadeando.

–Esta es la dirección.

Entraron y los guardaespaldas se quedaron en el vestíbulo mientras ellos encontraban la pequeña sala gris donde acababa de empezar la ceremonia. Se sentaron al fondo y observaron la boda civil. Hasta él tuvo que reconocer que la novia estaba radiante con un sencillo traje de chaqueta de color crema, un discreto tocado en la cabeza y con el bebé en el regazo. El novio parecía más feliz incluso, si eso era posible. Ellos eran los únicos que brillaban en esa habitación vulgar.

–Parecen muy felices –susurró Irene.

–Es precioso –comentó él con sorna.

–Es una ceremonia distinta de la de anoche, nada más –replicó ella mirándolo fijamente.

Él se rio en voz baja.

–La de anoche fue por amor, esta es el contrato legal que los ata para siempre.

Ella frunció el ceño y se inclinó hacia él.

–Mire, Excelencia, entiendo que no le interese ningún sentimiento que no acabe en un revolcón, pero ver a su amigo Cesare que...

–Mi conocido por motivos empresariales –la corrigió él.

–Bueno, Emma sí es mi amiga y esta es su boda. Si te disgusta el matrimonio en general o este en concreto, ahórrate los comentarios.

–Solo estaba de acuerdo contigo –se defendió él.

–De acuerdo –reconoció ella de mal humor–, el escenario no es muy romántico.

–Al revés que usted, señorita Taylor. Creo que es la

última mujer romántica en un mundo moderno y frío –él ladeó la cabeza–. Cree sinceramente en la fantasía, ¿verdad?

Ella desvió la mirada y miró fijamente a la feliz pareja.

–Tengo que creer –contestó en una voz tan baja que él casi ni la oyó–. No podría soportar lo contrario. Míralos. Mira todo lo que...

Sharif la miró y vio la esperanza melancólica y casi dolorosa que se reflejaba en su rostro.

Cuando el novio y la novia dijeron las palabras que los unirían para siempre según las leyes italianas, él le tomó una mano con delicadeza. Esa vez, no estaba pensando en seducirla, solo intentaba reconfortarla, reconfortarlos a los dos. Esa vez, ella no la retiró.

Capítulo 3

ES... preciso...

Unas horas más tarde, Irene suspiró tumbada sobre una manta y sintiendo el sol en la cara.

–Sí, es preciso –reconoció Sharif en voz baja.

El sonido de su voz hizo que se le acelerara el corazón. Abrió los ojos y lo vio tumbado sobre la manta de picnic. Se había quitado la chaqueta. Ella había querido volver con el resto de los invitados, pero él la había convencido para que fuera con él.

–No irás a dejarme que vuelva solo, ¿verdad? ¿Te parece bien cambiarme por un montón de desconocidos? –le había preguntado él.

Ella había vacilado, pero, cuando vio que Emma se alejaba en un lujoso coche con un cartel de *Recién casados* en la parte de atrás, no pudo negarse. La verdad era que él empezaba a... caerle bien. Aunque eso no significaba nada. Era natural que su compañía le pareciera algo más apetecible que la del resto de los invitados, a los que, efectivamente, no conocía. ¿Por qué no iba a sentirse más relajada con Sharif cuando, además, se había cambiado la impresionante vestimenta de emir de Makhtar y llevaba un traje que hacía que pareciera exactamente igual que cualquier otro hombre? Bueno, no exactamente igual y quizá tampoco pudiera decirse que se sentía relajada cuando estaba con él. Se estremeció. Sharif irradiaba atractivo, estaba increíblemente guapo con un chaleco gris, corbata y unos pantalones también grises. Se pasó la lengua por los labios cuando se fijó en que tenía la camisa blanca remangada y que podía ver sus antebrazos bronceados. Sintió que sudaba levemente entre los pechos y no era por el calor.

Él arqueó una ceja y ella se dio cuenta de que había estado mirándolo y de que se había pasado la lengua por los labios.

–Hace calor... para ser noviembre... ¿verdad? –balbució ella.

–¿De verdad? –preguntó él con un brillo burlón en los ojos.

–¿No lo has notado?

Ella se sentó bruscamente y se sintió aliviada cuando vio que los demás invitados también estaban haciendo un picnic algo más abajo. Abrió la cesta que les habían preparado a todos y volvió a pasarse la lengua por los labios como si solo hubiese estado pensando en la comida.

–Tendrás hambre. Cuando tengo hambre, solo puedo pensar en pasteles de crema. Tienes hambre, ¿verdad?

–Me muero de hambre –contestó él mirándola de arriba abajo–. Tienes razón, cuando un hombre tiene hambre, todo lo demás se desvanece hasta que la ha saciado.

Ella tuvo la sensación de que no estaba hablando de comida y los carnosos labios de él esbozaron una sonrisa inocente. Ella pensó que ningún hombre debería tener unos labios como esos, que debería ser ilegal, y, de repente, se preguntó qué sentiría si la besaran unos labios así.

¡No! No podía sentirse tentada ni por un segundo. Una vez perdida la virginidad, no se recuperaba. El deseo no podía cegarla cuando el precio de ese placer momentáneo sería la vida que quería, el amor responsable y con compromiso.

Hizo un esfuerzo para mirar la cesta, sacó unos bocadillos de corteza crujiente, unos aperitivos y una ensalada de frutas. Lo puso todo en unos platos de porcelana y le entregó uno a él con una servilleta de lino y un tenedor de plata.

—Gracias —dijo él con seriedad.

—De nada —replicó ella mirando hacia otro lado y viendo a los cuatro guardaespaldas a cierta distancia—. Te siguen a todas partes, ¿verdad? Ya sé que eres el emir de Makhtar, pero ¿cómo puedes soportarlo?

—Forma parte de mi posición y lo acepto —contestó él tomando un aperitivo con el tenedor.

—Pero la falta de privacidad... No sé si compensa el poder y la riqueza a cambio de tener cuatro niñeras que van pisándote los talones por todos lados.

—Seis —la corrigió él esbozando una sonrisa—. Los otros dos vigilan mi habitación.

—Claro. Nunca se sabe cuándo pueden atacarte en el lago Como —comentó ella con ironía.

—Nunca se sabe lo que puede depararte el mundo.

—Es evidente, hasta para mí, que seis guardaespaldas son excesivos en un sitio como...

—A mi padre lo mataron de un disparo a plena luz del día cuando estaba de vacaciones con mi madre hace diecinueve años. Lo mató una examante en una villa privada de la Riviera francesa.

Irene, boquiabierta, dejó el tenedor con ensalada de fruta y lo miró. Los rasgos implacables de su rostro no expresaban ninguna emoción.

—Lo siento —susurró ella—. ¿Qué pasó?

—Su amante se disparó después y murió en el acto. Mi padre se desangró en la terraza y murió al cabo de diez minutos en brazos de mi madre.

—Lo siento mucho —repitió ella—. ¿Cuántos años tenías?

–Quince –contestó él apretando los labios–. Estaba en un internado de Estados Unidos. Un profesor me sacó de clase y dos hombres que no conocía se inclinaron ante mí y me llamaron «emir». Supe que algo le había pasado a mi padre, pero no descubrí la verdad hasta que volví al palacio –Sharif sirvió dos vasos de agua con una mano temblorosa y se bebió el suyo de un trago–. Fue hace mucho.

Ella se sentía fatal por haberse metido con los guardaespaldas cuando su padre había muerto en una situación que parecía tan segura como aquella.

–Lo siento... tú... Soy una... No puedo imaginarme siquiera...

–Olvídalo –Sharif miró a los invitados que estaban colina abajo–. Como has dicho, hoy es un día de celebración. ¿Qué es esto? –sacó una botella de champán de la cesta y miró la etiqueta con satisfacción–. Además, sigue frío. Esta es la manera adecuada de soportar una boda.

«¿Soportar?» Ella se preguntó por qué habría elegido esa palabra. Aunque tampoco podía reprocharle que tuviera un concepto tan malo del amor y el matrimonio cuando el matrimonio de sus padres había acabado como había acabado.

–Es un poco pronto para beber champán, ¿no? –fue lo único que ella pudo decir.

Sharif, sin contestar, abrió la botella, sirvió dos copas de cristal y le entregó una a ella con una sonrisa que no se reflejó en sus ojos.

–Estoy seguro, señorita Taylor, de que usted, que es tan romántica, no rechazará una copa de champán para celebrar el día más feliz de su querida amiga.

–No... –ella tomó la copa–. Y, por favor, llámame Irene.

–Irene –dijo él con una voz grave mirándola a los ojos.

Irradiaba poder y sensualidad de una forma que la fascinaba y que era peligrosa. Dirigió la mirada a sus labios, a la levísima sombra que le cubría el mentón, al cuello... Hizo un esfuerzo para desviar la mirada y dio un sorbo. Nunca había bebido champán y era tan delicioso y embriagador como parecía en las películas. Además, sentada en un prado junto al sexy emir de Makhtar y con una villa italiana y un lago a los pies, se sentía como si, efectivamente, estuviese en una película o un sueño.

Comieron en silencio y ese silencio hizo que se percatara todavía más de cada movimiento de Sharif. Lo miró de soslayo y vio el reflejo de la luz en su piel morena, el poderoso cuello por encima de la camisa blanca y la corbata azul, las piernas largas y musculosas bajo los impecables pantalones. Notó la brisa en sus acaloradas mejillas y en las piernas que asomaban por debajo del vestido. Intentaba encontrar algo de lo que hablar, pero él se le adelantó.

—Entonces, ¿vives en París?

Le sorprendió la pregunta tan intrascendente y se preguntó si él, a pesar de ser el emir de Makhtar, también sería una persona que había intentado encontrar un tema de conversación.

—Tenía un empleo allí. Era la niñera de las hijas del embajador de Bulgaria.

—¿Tenías? ¿Eras?

—Umm... Me despidieron —contestó ella antes de comer un poco de ensalada de frutas.

—¿A ti? —preguntó él como si no pudiera creérselo.

—Me encantaban las niñas, pero tuve algunas... diferencias con los padres —dio un mordisco al bocadillo, lo masticó y lo tragó mientras él esperaba—. Nunca he sabido morderme la lengua. Me parecía que dedicaban demasiado tiempo a las fiestas y diversiones y que descuidaban las necesidades emocionales de sus hijas, que tenían que establecer prioridades.

–¿Se lo dijiste? –preguntó él arqueando las cejas.

–Siempre he tenido un problema con decir la verdad.

–¿Quieres decir que el problema es que la dices?

Él dejó escapar una risa grave y gutural. A ella le encantó ese sonido tan sexy, tan cálido, que hacía que se le iluminaran los ojos y que ella se derritiera por dentro.

–No te rías. Tú eres un rey multimillonario y estoy segura de que nadie te dice la verdad sobre nada, de que todo el mundo está demasiado asustado.

–Lo dudo mucho –él volvió a reírse, pero sin calidez–. Me gustaría que algunos de mis empleados estuviesen un poco más asustados. Mi hermana tiene una señorita de compañía...

–¿Tienes una hermana?

–Sí –contestó él mirando a otro lado.

Se hizo el silencio y solo se oyó el canto de los pájaros. Irene, incómoda, se llevó la copa a los labios, pero comprobó que se había acabado el champán. ¿Cómo era posible?

–Permíteme.

Sharif le tomó la mano para sujetar la copa y se la volvió a llenar. Irene notó la calidez de su piel, se estremeció y lo miró.

–Entonces, ¿dónde estás trabajando ahora? –le preguntó él.

–En ningún sitio –contestó ella pasándose la lengua por los labios.

–¿Estás descansando?

–Llevo seis meses sin empleo y estoy quedándome sin dinero.

–¿La señora Falconeri no podría encontrarte un empleo en alguno de los hoteles de su marido?

–Seguramente, si se lo pidiera, sí, pero no voy a pedírselo.

–¿No quieres trabajar en un hotel?

–No es por eso. No estaría bien que abusara de nuestra amistad.

Él la miró fijamente, como si se hubiese vuelto loca.

–¿De qué estás hablando?

–No soy así –contestó ella con el ceño fruncido–. Los sentimientos son los sentimientos, los amigos son los amigos, y no voy a aprovecharme de ninguna relación. No soy como...

Estuvo a punto de decir que no era como su familia, pero se contuvo. Aunque Sharif la miraba consternado, como si estuviese viéndola por primera vez.

–¿Qué pasó? –le preguntó él en voz baja–. Creía que un hombre te había destrozado el corazón, pero es algo más, ¿verdad? Si no, ¿por qué no ibas a pedir a una buena amiga que te ayudara a encontrar un empleo? ¿Por qué ibas a tener miedo?

–¡No tengo miedo! –exclamó ella–. Solo prefiero encontrarlo por mis propios medios, nada más. No necesito la ayuda de Emma –tampoco iba a permitir que él viera dentro de su alma–. No se preocupe por mí, Alteza, me apañaré –añadió ella con frialdad.

Él no pareció muy convencido y separó los labios como si fuese a hacerle preguntas que ella no querría contestar. Miró a lo lejos y se levantó algo desequilibrada.

–Vamos a recoger. Ya he terminado.

Guardaron los platos en silencio y él dobló la manta. Ella empezó a marcharse por delante, pero Sharif la agarró del brazo.

–Espera –él ladeó la cabeza con una sonrisa maliciosa–. Tengo que mostrarte algo antes de que nos reunamos con los demás invitados.

Una hora después, Irene seguía mirándolo sin salir de su asombro.

–Tiene que ser una broma –repitió ella por sexta vez.

Lo miró desde otro ángulo. No parecía de verdad. Era demasiado grande como para creérselo. Sharif, a su lado, también lo miró sin disimular la satisfacción masculina.

–¿Te gusta?

Ella se pasó la lengua por los labios sin saber qué decir.

–¿Un poco demasiado grande? –preguntó él por fin.

–¿Tú crees? –inquirió ella mirándolo.

–Es para que lo disfrutes tú.

–No he pedido algo tan grande.

–No has pedido nada, pero yo sabía que lo querías, como todas las mujeres.

Irene se mordió el labio inferior mirándolo fijamente.

–Tócalo –la animó él–. No muerde.

–Eso es lo que tú te crees –murmuró ella.

Sin embargo, la tentación fue excesiva y pasó las yemas de los dedos por el collar de diamantes que le ofrecía él en un estuche de terciopelo. Los diamantes eran duros y suaves a la vez. Sobre todo, los cinco del centro, que brillaban como si tuvieran fuego por dentro, como le pasaba a ella cuando estaba cerca de Sharif.

–Póntelo –le pidió él acercándose–. Estás deseándolo.

Ella retiró la mano, negó con la cabeza y levantó la barbilla.

–No puedo aceptarlo.

–¿Por qué?

–¿Tienes que preguntarlo después de lo que te he dicho sobre aprovecharme de las relaciones?

–Vaya, señorita Taylor –él arqueó una ceja–. ¿Tenemos una relación? ¿Tengo que entender que no acepta mi pequeño obsequio porque se ha enamorado perdidamente de mí?

–Claro que no –contestó ella mirándolo con rabia.

–Entonces...

La llevó al espejo de cuerpo entero que tenía en su suite, le quitó la gargantilla de perlas que le había prestado Emma y le puso el collar de diamantes. Se quedó boquiabierta al notar su peso.

–Estás preciosa –comentó Sharif desde detrás de ella–. Serás la reina del baile de esta noche.

–Emma será la única reina. Es su día –replicó Irene tragando saliva al verse en el espejo.

La luz entraba por los ventanales y parecía una reina con el vestido de Lela Rose prestado y el collar de diamantes, pero no podía engañarse. Parecía tan vibrante por el vestido, por el collar y por el hombre que tenía detrás. A él no podía tocarlo, pero levantó una mano y acarició las joyas.

–¿Cuánto ha costado?

–No es de buena educación preguntarlo, ¿no?

–¿Cuánto? –insistió ella.

–Una cantidad que puedo permitirme –contestó él encogiéndose de hombros.

Irene volvió a pasarse la lengua por los labios sin dejar de mirarse en el espejo. Tenía que quitárselo inmediatamente, pero la mano no le obedecía y seguía acariciando las enormes joyas. Seguramente, le habría costado tanto como un coche. ¿Un coche? ¡Una casa! ¡Una mansión!

–¿Es un préstamo? –preguntó ella en voz baja.

–No, es un regalo.

Ella no había visto nada tan lujoso y exquisito y, además, sabía que no volvería a verlo. Era un disparate que llevara un millón de euros alrededor del cuello cuando no tenía ni veinte en el bolso. Sin embargo, no era un regalo. Era un pago por adelantado. Ningún hombre daba algo a cambio de nada. ¿Qué diferencia había entre aceptar un collar de diamantes de un jeque o cien dólares del viejo Benny, quien trabajaba en la gasolinera? Ninguna.

Sin embargo, siguió acariciándolo durante cinco minutos, hasta que reunió fuerzas para llevar las manos al cierre. Él se las agarró y se miraron a los ojos en el espejo.

—Es tuyo.

—Te he dicho que no puedo aceptarlo.

—No voy a quedármelo. Lo han comprado hoy en Roma para ti.

—¿En Roma? —exclamó ella—. ¿Cómo? —preguntó antes de acordarse del periódico—. Es un derroche mandar aviones privados por todo el mundo para cualquier cosa... y comprar diamantes a una desconocida.

—Ya no eres una desconocida —él se encogió de hombros—. Si no quieres el collar, tíralo al lago o entiérralo en el jardín. Me da igual. Es tuyo y no voy a quedármelo.

—Pero...

—Este asunto me aburre. Vamos a hacer algo divertido —él sonrió con indolencia—. ¿Vamos a felicitar a los novios por la ceremonia civil?

—Buena... idea —balbució ella con remordimiento por no haber hablado con Emma en todo el día.

No fue capaz de quitarse el collar ni de separarse de Sharif en toda la tarde. Él tampoco se separó de ella y le susurraba cosas disparatadas para que se riera, pero también se reía cuando ella le susurraba otros disparates. Las mujeres sofisticadas que parecían supermodelos los miraron de reojo durante toda la tarde y la cena como si no pudieran entender qué encontraba de atractivo en ella el impresionante emir de Makhtar. Si supieran que, sobre todo, estaba insultándolo... Se rio para sus adentros mientras tomaban café hasta que vio el rostro preocupado de Emma en el extremo opuesto de la mesa. Frunció el ceño porque su amiga debería saber que no tenía que preocuparse, que ella sabía lo que estaba haciendo. ¿Lo sabía?

Después de la cena, ya en su habitación, cuando estaba sola por primera vez en todo el día, miró maravillada el vestido que le había prestado Emma para el baile. Era de seda roja, sin tirantes, con un escote en forma de corazón y una falda con mucho vuelo. El vestido perfecto para una noche que culminaría la celebración de la boda. Al día siguiente, todo serían resacas y desayunos precipitados mientras los invitados se preparaban para volver a sus vidas reales. Sin embargo, esa noche... esa noche habría fuegos artificiales.

Temblorosa, se miró en el espejo. Solo llevaba unas bragas y un sujetador sin tirantes de encaje rojo y el collar. Se apartó la melena morena del cuello y se mordió el labio inferior. Lo llevaría unas horas más. Luego, se lo devolvería a Sharif y no habría pasado nada.

Se cepilló el pelo, se lo recogió en un elegante moño alto, se pintó los labios de rojo, se dio contorno de ojos y se puso el vestido. Miró al espejo y no reconoció a la mujer que encontró allí. Era hermosa, exótica, rica. Una ilusión de una noche. Al día siguiente, volvería dentro de una calabaza. Se plantearía la posibilidad de pedir trabajo a su amiga, en contra de sus principios y de su orgullo, o volvería a París para recoger sus cosas y regresar a Colorado sin dinero y fracasada. Volvería solo con el sueño de que, si trabajaba mucho y cumplía las normas, algún día encontraría a un hombre bueno que la amara como quería que la amaran. Respiró hondo.

Sin embargo, esa noche se olvidaría de todo, fingiría que no era ella, que era como las demás mujeres que había en la villa, rica, hermosa y despreocupada.

Salió al pasillo, pero retrocedió cuando vio que Cesare y Emma también salían de la puerta de al lado. Emma sonreía a su marido mientras le pasaba una mano por las solapas del esmoquin. Cesare la miró, dejó escapar un gruñido, la besó apasionadamente y volvió a meterla en el dormitorio contiguo. Eso, por lo menos, resolvía un misterio. Sharif no fue quien la desveló la noche anterior con el ruido. Sonrió y contó hasta diez para que Emma y Cesare pudieran cerrar la puerta antes de que saliera al pasillo.

Estaba nerviosa mientras bajaba las escaleras hacia el salón de baile. Le temblaban las manos por algún motivo que desconocía y tocó el collar como si fuese un amuleto. Se repitió que solo lo llevaría esa noche y que no pasaría nada. El salón de baile ya estaba repleto y el murmullo de las conversaciones y la música de la orquesta llenaba la inmensa habitación iluminada con lámparas de cristal. Esa noche, al contrario que casi todo el fin de semana, había una multitud de celebridades, miembros de la realeza, magnates y políticos de los cinco continentes. Habría, como mínimo, quinientas personas, si no ochocientas. No iba a contarlos y le daba igual porque, aunque le costara reconocerlo ante sí misma, solo buscaba a una persona...

–Irene –su voz grave le llegó desde detrás y sintió un arrebato de placer–. Me deslumbras.

Se dio la vuelta con una sonrisa, vio a Sharif de esmoquin y el corazón se le subió a la garganta. ¿Cómo era posible que estuviera más devastadoramente guapo?

Él le tomó una mano, se inclinó y se la besó. Una oleada abrasadora se adueñó de su cuerpo el sentir el roce de sus labios y la calidez de su aliento.

–¿Les enseñamos cómo se hace? –le preguntó él con una sonrisa mientras le ofrecía el brazo.

Esa vez, tomó el brazo sin dudarlo un segundo. Entraron juntos en el salón de baile. Ella sabía que muchos pares de ojos estaban clavados en ellos mientras bailaban, bebían champán, brindaban por la felicidad de los recién casados y volvían a bailar. No se separaron en toda la noche. Hablaron de lo divino y lo humano y, cuando ella le sonreía, él la miraba y la acariciaba con los ojos. Cada palabra, cada instante, estaba lleno de magia y de una deliciosa tensión. Se sentía mareada, embriagada de felicidad. Contra su voluntad, se preguntó qué se sentiría en brazos de Sharif, pero no solo esa noche, sino al día siguiente y al otro.

Mientras bailaban, él le sonrió con sensualidad y le apartó un mechón de pelo de la cara. Casi se olvidó de bailar al sentir el roce de sus dedos. Se tambaleó, pero él la agarró y la inclinó como si fuese un paso de baile.

–Gracias –susurró ella mirándolo a los ojos.

–Es un placer –replicó él con una mirada abrasadora.

Le pareció que pasó horas en esa postura casi horizontal y, asombrosamente, se preguntó si la miraría así en la cama. Le flaquearon las rodillas, pero él la levantó y la estrechó con fuerza contra su cuerpo. Ella se pasó la lengua por los labios y apoyó la mejilla en la camisa del esmoquin. Podía notar la calidez de su piel y la fuerza de su cuerpo. Incluso, creyó que podía oír los latidos de su corazón.

–Irene –dijo él en voz baja mientras dejaba de bailar.

Ella se quedó aterrada o apasionada, ya no sabía cuál era la diferencia. Solo sabía que estaba a punto de suceder y que no podía detenerlo aunque quisiera, y no quería. Lentamente, se apartó de su pecho y lo miró. Los ojos de Sharif parecían dos ascuas negras. Él le acarició los hombros desnudos y bajó las manos por la espalda. Ella sintió la fuerza y el tamaño de esas manos. Él le recorrió los brazos con las yemas de los dedos hasta llegar al cuello y le acarició los labios anhelantes con el pulgar. Le tomó la cara entre las manos y le inclinó la cabeza hacia atrás. Notó su cuerpo ardiente contra el de ella. El tiempo se detuvo y ella se olvidó de la gente que los rodeaba, se olvidó de bailar, se olvidó de todo pensamiento racional, se olvidó de respirar.

Él bajó la boca y la besó. No había vivido nada parecido. El recuerdo de los besos de Carter se evaporó al instante, le parecieron cómicos. Sharif la rodeaba con los brazos, sus labios eran ardientes e implacables, dulces y delicados. La música cesó. Solo oía la sangre que le bullía en las venas y se sentía arrastrada por un placer que la desgarraba, que la obligaba a aferrarse a sus hombros como si solo ese beso pudiera salvarla, como si su beso fuese la vida misma.

Lo deseaba. Deseaba a ese jeque poderoso y multimillonario que se había convertido en Sharif para ella. Lo deseaba aunque la destruyera...

–¡Fuegos artificiales! ¡Salid a ver los fuegos artificiales!

Las palabras se repitieron como un eco en distintos idiomas. Irene oyó que la multitud empezaba a salir del salón de baile. Sharif se apartó y ella abrió los ojos lentamente. Se sintió casi desconcertada cuando vio su hermoso rostro y sus ojos negros velados por el deseo. Entonces, vio algo más en sus ojos. Vanidad masculina. Parpadeó, tomó aliento y se llevó la mano a la frente con los ojos muy abiertos.

–¿Qué estás haciéndome? –susurró ella.

–¿No lo sabes? –Sharif ladeó la cabeza y le acarició una mejilla–. Estoy seduciéndote, Irene.

Ella notó un cosquilleo desde los lóbulos de las orejas hasta los pechos y más abajo todavía.

–¿Estás... estás seduciéndome?

–Olvídate de esos fuegos artificiales –él le acarició los hombros y bajó la cabeza hasta su oreja–. Vuelve a mi suite y tendremos nuestros fuegos artificiales.

Él se apartó y ella vio en su cara que esperaba que aceptara. Creía que había ganado. Siempre había esperado ganar a pesar de todas las reticencias de ella. El espanto fue adueñándose de ella.

–Todo el tiempo que hemos pasado juntos... ¿ha sido un prolegómeno? ¿Desde que nos conocimos?

–Nunca había tenido que esforzarme tanto por una mujer, pero ninguna mujer me había intrigado tanto. Vuelve a mi habitación, déjame que te enseñe todo lo que puede ofrecer la noche...

Irene le apartó los brazos y se llevó las manos a las sienes. Ella había creído que las risas y los disparates, el placer y la amistad, habían sido magia, pero no había visto la labor del mago que movía los hilos.

–¿Todo era para acostarte conmigo? –susurró ella–. ¿Toda nuestra... nuestra amistad era mentira?

–No era mentira –contestó él casi con indignación–. Era seducción. Hasta tú puedes ver la diferencia.

–¿Hasta yo? –se sintió desolada por el dolor de los sueños hechos mil pedazos–. Qué estúpida...

–Irene...

Lo miró con odio. No podía soportar su mirada que siempre veía dentro de su alma. ¿Podía verlo en ese momento? ¿Sabía que había estado a punto de hacer el ridículo por dejarse arrastrar por la magia, por creer que era la realidad? Un sollozo le atenazó la garganta, se dio la vuelta y se marchó del salón de baile vacío.

Una vez fuera, cientos de invitados miraban al cielo y a los fuegos artificiales que se reflejaban en el lago. Ella fue en sentido contrario, hacia el jardín, y no respiró hasta que llegó a la oscuridad de los árboles. Se tapó la cara con las manos y se acordó de lo inflexible que había sido con su madre y su hermana por caer en las argucias de los hombres primero por amor, luego para que les hicieran caso y, al final, por dinero. ¡Si ella hubiese sabido cómo empezaba todo! ¡Con una esperanza necia y deslumbrante!

–No lo entiendo.

Irene oyó la voz de Sharif detrás de ella y, temblorosa, se dio la vuelta. La luna se había ocultado detrás de las nubes y no pudo ver su cara.

–Ha sido divertido, ¿no? ¿Por qué reaccionas así?

Los fuegos artificiales iluminaron el cielo y vio su cara. Parecía desconcertado. No tenía ni idea de lo que le había hecho. Al menos, se alegró de eso. Bajó la mirada y esperó a que el cielo se oscureciera y a poder hablar.

–Solo es sexo. No significa nada –siguió Sharif.

–Lo significa para mí –replicó ella–. O haces el amor con todo el corazón o es como un caparazón vacío, que no tiene lo que debería tener.

–Estás dando demasiada importancia a...

–He esperado toda mi vida al hombre que amaré, al hombre con el que me casaré.

Hubo otro resplandor de fuegos artificiales, se oyó una exclamación de la multitud y ella pudo ver la expresión de pasmo de su rostro.

–No puedes estar diciéndome lo que creo que estás diciéndome.

Ella esperó a que se hiciera la oscuridad otra vez.

–Cuando me case, solo será por amor y la noche de bodas será hacer el amor de verdad, del que durará para siempre. Me has acusado de ser romántica –Irene parpadeó–. Estoy esperando al Único.

–¿Qué importa el número de amantes?

–A ti, nada, pero a mí me importa mucho. El sexo es sagrado, es una promesa sin palabras, una promesa que solo haré al hombre que me amará el resto de su vida y al que amaré el resto de la mía. ¿Eres tú ese hombre, Sharif? –le preguntó ella, aunque sabía la respuesta.

Otra explosión de fuegos artificiales iluminó su rostro inexpresivo.

–No –contestó él lacónicamente.

Ella sintió como si una cuchilla le cortara la garganta, pero hizo un esfuerzo por sonreír.

–Eso creía –se soltó el collar con una facilidad sorprendente y parpadeó–. Gracias por este fin de semana que no olvidaré jamás.

Le tomó una mano y dejó el collar de diamantes en la palma.

–Era un obsequio –dijo él bajando la mirada.

Ella oyó un ruido a cierta distancia y vio a los guardaespaldas. Estuvo a punto de reírse.

–Tus cuidadores están aquí –le acarició una mejilla–. Te deseo las cosas más maravillosas, Sharif. Se puede creer en mucha magia, en la que las personas hacen para sí mismas.

Sin embargo, miró sus ojos negros y desdichados y sintió un nudo en la garganta. No dijo nada más, se dio la vuelta y volvió corriendo hacia la villa mientras la traca final de fuegos artificiales teñía la noche de mil colores. Había pasado la prueba, había ganado.

Le cedieron las rodillas en cuanto entró en el dormitorio, se dejó caer al suelo en una mancha de seda roja, se tapó la cara con las manos y lloró.

Capítulo 4

HABÍA perdido. No lo había conseguido. Sharif no podía creérselo. «Te deseo las cosas más maravillosas». Soltó una maldición al recordar su voz delicada y angustiada. Se abrió paso entre la multitud para volver a la villa con dos guardaespaldas pisándole los talones. Uno se dirigió a él en árabe con premura.

—Alteza, debería saber que...

—Más tarde.

Tenía el cuerpo en tensión. ¿No podían dejarlo tranquilo ni en ese momento? Subió apresuradamente las escaleras, se detuvo y miró el pasillo oscuro, hacia la habitación de Irene, pero ¿para qué? «Se puede creer en mucha magia, en la que las personas hacen para sí mismas».

Se volvió hacia su suite con furia. No podía creerse que fuese a terminar así, que después de haber coqueteado y bailado con ella durante horas fuese a volver solo a su dormitorio. Durante las últimas treinta horas, Irene había sido el centro de su estrategia y de cada uno de sus pensamientos. Había empleado sus mejores técnicas, las que no fallaban nunca. La había encandilado, la había escuchado, le había prestado toda su atención durante todo el día. Le había dicho la verdad cuando le dijo que nunca se había esforzado tanto. Se había obligado a seducirla lentamente, como haría un adiestrador con un caballo bronco, ¿y ese era el resultado?

Se detuvo y miró con repulsión el collar que tenía en la mano. Las mujeres nunca podían resistirse a él. ¿Cómo lo había hecho ella? «He esperado toda mi vida al hombre que amaré». Tomó aliento con incredulidad. Nunca había conocido a una mujer como esa. Estaba loca, pero por eso lo había atraído, por esa pureza inflexible.

Él había alardeado de que siempre lo conseguía, pero ella le había demostrado lo contrario. ¿Qué le importaba? ¿Qué significaba una mujer más o menos para él? Siempre lo había conseguido en todos los aspectos de la vida, cuando intentaba algo, lo conseguía. Hasta ese momento. Entonces, sintió algo por Irene que no había sentido desde hacía mucho tiempo por ninguna mujer. Respeto. No, algo más que respeto. Envidia. Lo cual, no tenía sentido. Él no estaba atado por ninguna regla anticuada sobre el sexo. Lo conseguía cuando quería. Menos con ella. Furioso, siguió por el pasillo vacío. Cuatro guardaespaldas se miraban con nerviosismo.

–Alteza... –intentó uno de ellos.

Sharif tuvo que hacer acopio de todo el dominio de sí mismo para no gritar.

–Más tarde –gruñó él mientras entraba en su suite y cerraba la puerta casi dando un portazo.

Ella los había llamado sus «cuidadores». Eran el símbolo de un deber que en ese momento lo irritaba insoportablemente. ¿No podían dejarlo tranquilo ni un momento?

Una vez en la habitación oscura, tiró el collar de diez millones de dólares en la mesa. Entonces, oyó algo más.

–Alteza –susurró una voz en la oscuridad–. ¡He estado esperándole!

¿Irene? La idea se le cruzó fugazmente por la cabeza, pero supo que no era ella. Sin alterarse, encendió la lámpara de la mesilla y, para su pasmo, vio a Gilly, la señorita de compañía de su hermana, que era de una familia muy respetable y que tenía unas referencias excelentes.

–Parecía cansado al hablar por teléfono... –ronroeó ella, quien estaba sentada desnuda en la cama.

–¿Cómo has sorteado a los guardaespaldas? –preguntó él con cautela y alarma.

–Bueno... –ella dejó escapar unas risitas–. Les dije que era una emergencia, por Aziza, y que tenía que hablar con usted en privado en cuanto abandonara el festejo.

Eso explicaba que ellos hubiesen querido hablar con él. La cautela dejó paso a la furia.

–¿Y mi hermana?

–Está bien –contestó ella inmediatamente al ver su ceño fruncido–. Bueno, salvo que está contando los días que faltan para su boda.

–¿Contando los días que faltan?

–Con miedo, claro.

–Su compromiso no fue idea mía –replicó él apretando los dientes.

–Sí, bueno... –Gilly agitó una mano para restarle importancia–. Todo saldrá bien.

Sharif se alejó de ella, se sentó en una butaca al lado de la chimenea y se quitó los zapatos. La había contratado como señorita de compañía de Aziza solo porque su hermana, después de haberse pasado diez años con una institutriz bastante mayor, le había rogado que contratara a alguien de una edad más parecida a la suya. Se quedó maravillada cuando Gilly Lanvin, sofisticada y amante de la moda, llegó al palacio. Sin embargo, el resultado para su hermana había sido desastroso. Cuando Aziza, que tenía diecinueve años, recibió flores y regalos carísimos del sultán de un reino vecino, Gilly le llenó la cabeza con fantasías sobre ser una reina. Su hermana le había suplicado que le permitiera aceptar su petición de matrimonio y él, a regañadientes, había transigido. Era un matrimonio conveniente en sentido político y si su hermana estaba tan segura...

Sin embargo, la seguridad de su hermana se había ido desvaneciendo a medida que se acercaba la boda e iba dándose cuenta de que estaba a punto de casarse con un hombre cuarenta años mayor que ella y al que no conocía, salvo por su gusto excelente en bolsos de Louis Vuitton y joyas de Van Cleef & Arpels. En ese momento, quería echarse atrás como fuera, pero ya era demasiado tarde. Él había firmado el compromiso. Algunas decisiones eran para toda la vida y él lo sabía mejor que nadie.

–...yo sabía que esperaba que le diera una sorpresa –él se dio cuenta de que Gilly seguía hablando en un tono cantarín y muy enervante–. Alteza... Sharif, si vienes aquí, conseguiré que te sientas muy bien y...

–Lárgate.

–Pero... –fue a replicar ella boquiabierta.

–Lár-ga-te.

Él se levantó, abrió la puerta y se dirigió con frialdad a los guardaespaldas.

–La señorita Lanvin se vuelve a Beverly Hills. Que le den la última paga y montadla en el primer avión que salga.

Los guardaespaldas se miraron como si supieran que podían despedirlos.

–Inmediatamente –añadió Sharif sin contemplaciones.

Acto seguido, los guardaespaldas estaban junto a su cama y mientras uno levantaba a la mujer desnuda y quejumbrosa, otro la tapaba con un albornoz que había encontrado en el cuarto de baño. Treinta segundos después, había desaparecido por el pasillo y de su vida, y de la vida de Aziza. Después de todo, los guardaespaldas servían para algo. Él se apoyó en la puerta y sonrió al pensar en usarlo como argumento con Irene. Entonces, dejó de sonreír al darse cuenta de que, probablemente, no volvería a hablar con ella jamás. Le dolió un poco. ¿Por qué? ¿Porque era demasiado orgulloso y no aceptaba el fracaso? No podía ser tan infantil.

Se desvistió y se metió en la ducha. Si Irene quería esperar al amor y al matrimonio, que esperara. Aunque no compartía un sentimiento tan idealista, podía respetarlo, no podía hacer otra cosa. Sus ideales eran distintos. Cuando se casara, el amor no tendría nada que ver. En realidad, cuando su esposa y él hubiesen tenido un hijo como heredero y otro como posible sustituto, esperaba no volver a saber nada de ella.

Se metió desnudo en la cama y olió el perfume floral de Gilly. Lo irritó y estuvo tentado de llamar al servicio de la villa para que le cambiaran las sábanas, pero sería un engorro y, probablemente, un escándalo. Podía imaginarse lo que diría Irene si se enteraba.

Abrió el armario de roble, encontró unas sábanas limpias y las cambió él mismo. Nunca lo había hecho antes. Lo habían criado entre una institutriz estadounidense y unos tutores de Makhtar que le habían enseñado idiomas, historia, esgrima y equitación. Incluso en el internado, había alguien que le cambiaba las sábanas.

Cuando terminó, miró la cama con satisfacción. Que no hubiese hecho algo no significaba que no pudiese aprenderlo. Volvió a desear poder enseñárselo a Irene y volvió a recordarse que no la vería otra vez. «Se puede creer en mucha magia, en la que las personas hacen para sí mismas».

Se metió en la cama, cerró los ojos y se quedó dormido, aunque no soñó. Se despertó temprano al oír su móvil. Era su jefe de personal del palacio. Lo necesitaban en Makhtar. Sus vacaciones en Europa habían terminado. Le esperaban el deber y una hermana llorosa por el embrollo de su vida. Tendría que encontrar otra señorita de compañía que la consolara durante los tres meses que faltaban hasta la boda.

Se levantó, se rascó la cabeza, estiró el cuerpo desnudo y se tumbó en el suelo para hacer unas flexiones que lo despertaran del todo. ¿Una señorita de compañía para Aziza? La situación era desalentadora. Tenía que ser una mujer joven, por Aziza, y vieja, por él. Necesitaba a alguien en quien pudiera confiar, que no fuese a meterse en su cama, que fuese profesional y que antepusiese las necesidades de Aziza a todo lo demás, que...

Sintió una descarga en la espina dorsal y abrió los ojos como platos. Tomó el móvil otra vez. Leyó algunos correos electrónicos de trabajo, hizo algunas llamadas, se vistió con la vestimenta tradicional de Makhtar y bajó a desayunar con los guardaespaldas pegados a él.

Cruzó la habitación amarilla sin hacer caso a las mujeres que intentaban llamar su atención, saludó distraídamente a sus anfitriones y vio a la persona que estaba buscando. Se abrió paso entre los invitados y fue directamente hacia Irene, quien estaba sentada ante un plato lleno de bollos y huevos revueltos y se servía abundante leche en el café.

–Quiero que vengas a trabajar para mí en mi palacio de Makhtar.

A ella le escocían los ojos de haberse pasado la noche llorando. Había rezado para que no tuviera que volver a ver a Sharif, pero había sido una esperanza vana.

Había tardado horas en quedarse dormida y le había dado vueltas a la cabeza sobre la decisión que tendría que tomar. ¿Volvería a París, donde solo le quedaban unos días de alquiler pagado, y luego se marcharía a Colorado, a la casa destartalada en el camino equivocado? ¿Volvería humillada y sin dinero al sitio donde nunca estaría a la altura de Carter, según él? ¿Le pediría a Emma que le encontrara un empleo en alguno de los lujosos hoteles de su marido y utilizaría la amistad en beneficio propio? En el momento más sombrío, se había arrepentido de ese orgullo que había hecho que le devolviera a Sharif el collar de diamantes. Si se lo hubiese quedado, su familia y ella serían ricas, ¡habrían resuelto su vida!

¿A qué precio? No. Había hecho lo que tenía que hacer. Él había conseguido que lo deseara, la había deslumbrado, pero ella había resistido la tentación y no volvería a verlo jamás. El daño no sería irreversible. Entonces, ¿cómo iba a renunciar a sus principios y a pedirle a Emma que le consiguiera un empleo? Sin embargo, ¿cómo no iba a hacerlo?

Insegura, angustiada, agotada y con el corazón dolorido por la falta de escrúpulos de Sharif, se había levantado por fin, se había duchado y se había vestido. Ya no llevaba elegante ropa de marca, sino una camiseta, una sudadera con capucha y unos vaqueros, lo más cómodo para viajar. Bajó a desayunar, se sentó sola a una mesa y se llenó el plato con un montón de comida.

Entonces, notó un escalofrío en la espalda. No tuvo que darse la vuelta para saber quién había entrado en la habitación.

–Quiero que vengas a trabajar para mí en mi palacio de Makhtar.

Era la misma voz ronca que la había perseguido en sueños. Levantó la mirada del plato y se estremeció al ver los ojos negros de Sharif. Iba vestido de jeque otra vez y sus guardaespaldas se elevaban por detrás de él. Además, nunca había estado tan guapo. Era la fantasía romántica de cualquier mujer, o, al menos, la suya.

¡No! Su fantasía era un hombre inteligente, divertido y fiel que cortara el césped de su casita de campo, que leyera cuentos a sus hijos y que la amara para siempre. Un hombre que se fijara en una niña pequeña que pasaba llorando por delante de su casa después del primer día de colegio. Un hombre que se remangara la camisa, se pusiera la gorra y fuera al colegio para cerciorarse de que eso no volviera a pasar. Su madre no lo había hecho y no había conocido a su padre. Ella había sido un accidente, una equivocación, un preservativo que había fallado. Su madre se lo había repetido toda su vida. Sin embargo, después del primer día de jardín de infancia, Dorothy Abbott fue la madre que la consoló y Bill Abbott, el padre que la protegió. Esa era la casa donde quería vivir. Esos eran los padres que daría algún día a sus hijos. No habría accidentes porque no habría relaciones sexuales hasta que conociera al hombre indicado, a pesar de las tentaciones.

–¿Que trabaje para usted?

Le fastidió haberlo dicho con tanta debilidad y le habría gustado replicar algo incisivo y provocador, pero se acordó de todos los ojos que estaban mirándolos. Ese tipo de bromas eran algo privado entre Sharif y ella, no entre la señorita Taylor, la niñera estadounidense, y el emir de Makhtar. Además, esas bromas provocadoras eran algo del pasado, de cuando Sharif había querido seducirla y ella había estado a punto de permitírselo.

–No sabía que tuviera hijos, Alteza –añadió ella con frialdad.

Sharif esbozó una media sonrisa y ella tuvo la sensación de que sabía muy bien que había tenido que sofocar la primera reacción. Seguramente, había ido a verla en público por ese motivo.

–Tengo una hermana menor.

–Háblame del puesto –replicó ella como si ya hubiese tenido cinco ofertas de trabajo y cincuenta mil dólares en el banco.

–Me encantaría darle todos los detalles, señorita Taylor. ¿Salimos afuera a hablar?

Ella se levantó y lo siguió a la terraza donde bailaron la primera vez, hacía siglos. La calidez del sol otoñal se había desvanecido y el invierno había llegado con toda su crudeza al lago Como. Irene miró a los guardaespaldas, que los habían seguido. Sharif suspiró, también los miró y ellos retrocedieron hasta donde no podían oírlos.

–¿Por qué me pides que trabaje para ti? ¿Qué treta es esta?

–No es una treta –él ladeó la cabeza con la mirada sombría–. He tenido que despedir a la señorita de compañía de mi hermana.

–¿Qué ha pasado? ¿La has despedido por contestarte? Si es así, no puedes contratarme, ya sabes que...

–Anoche se presentó aquí... en mi cama –la interrumpió él.

–Ah... –ella se sonrojó–. ¿La has traído en tu avión privado? Qué amable.

–No, no me acuesto con mis empleadas. La expulsé. Mi hermana necesita una señorita de compañía de confianza hasta su boda, dentro de tres meses.

–¿Su boda? ¿Cuántos años tiene tu hermana?

–Diecinueve.

–¿Por qué ibas a elegirme a mí?

–Porque creo que puedo confiar en que vigilarás a mi hermana –contestó él con calma–. Además, sé que no voy a encontrarte inesperadamente en mi cama.

Él parecía muy seguro de eso, pero no sabía cuánto le había costado rechazar su oferta. Se estremeció y miró hacia el lago. Pensó en lo que estaba esperándole en Colorado y París.

–¿Cuándo es exactamente la boda? –preguntó ella.

–A finales de febrero.

–¿Cuál es el sueldo mensual?

–Como comprenderás, una persona así, de tanta confianza, no tiene precio. Decídelo tú.

–No puedes decirlo en serio.

–Compruébalo.

Irene se pasó la lengua por los labios y pensó en una

cantidad exorbitante, en lo que había cobrado durante todo
un año con las familias de Nueva York o París. Abrió la
boca, pero volvió a cerrarla de golpe. No podía precipi-
tarse. Una vez había leído que las mujeres nunca se valo-
raban bien, que tenían miedo de negociar los sueldos por
temor a que las rechazaran o, más absurdo todavía, a no
gustar. A ella le daba igual no gustar a Sharif, ¿no? Además, él le había dejado claro que tenía la sartén por el
mango. Era la ocasión de valorarse por lo alto. Pensó en
lo que le costaría mandar a su madre a la mejor clínica de
rehabilitación de Denver y que su hermana se mudara a un
piso nuevo en una ciudad nueva para que pudiera ir a una
universidad pública y no estuviera tentada de buscar a un
hombre que la mantuviera. Tomó esa primera cifra y la
multiplicó, como si una casa de un piso se convirtiera en
un rascacielos.

–Cien mil dólares –dijo mirándolo a los ojos sin inmutarse.

–Aceptado.

¡Que hubiese aceptado tan deprisa significaba que
había pedido poco!

–Al mes –añadió ella precipitadamente.

–Naturalmente –confirmó él con una sonrisa burlona.

–Muy bien.

–Muy bien. Me ocuparé de que te hagan el equipaje.

–Gracias, pero prefiero hacerlo yo misma. Además,
ya lo he hecho.

–Claro. Eres muy responsable e independiente.

Él volvió a sonreír y ella sintió como si sus ojos negros la acariciaran. Una chispa de excitación se encendió
dentro de ella. ¿Una chispa? La chispa se encendió cuando
él la encontró la primera noche a la orilla del lago. Se había convertido en un fuego contenido que esperaba el
momento de explotar. Aunque no lo permitiría. Ya había
pasado la prueba, ¿no? Ya se había resistido a la atrac-

ción que sentía hacia él y volvería a resistirse por trescientos mil dólares.

Además, sabía que no volvería a perseguirla, que había querido divertirse un poco durante la boda de su amigo, pero que iban a volver a la vida real y a su país. ¡Por cierto! ¡Sharif era el emir de Makhtar! Él había conseguido que se le olvidara, pero, una vez en el palacio, lo más probable era que no volviera a verlo.

–¿Cuándo nos marchamos? –preguntó ella con cierta incomodidad.

–En cuanto nos hayamos despedido y hayamos metido el equipaje en los coches.

Dos horas después, estaban subiendo a su enorme avión privado.

–¿Qué dijo la señora Falconeri cuando le contaste que venías a trabajar para mí?

–Yo... umm... no se lo he contado –reconoció ella sonrojándose.

Él se rio de una forma más que elocuente y ella cambió de conversación.

–¿Cómo es tu país?

–Es un oasis en el golfo Pérsico. Una ciudad nueva, bulliciosa, con palmeras, cielos azules y gente simpática y acogedora.

–Ya he aceptado el empleo –replicó ella con escepticismo–. No tienes que vendérmelo como un operador turístico. Quiero saber cómo es de verdad.

–Es el mejor país del mundo. Sacrificaría cualquier cosa por él.

Ella nunca había visto tanta pasión, idealismo y vulnerabilidad en sus ojos. Tuvo que mirar hacia otro lado, pero lo que vio era fascinante. El interior de su 747 privado no se parecía a ningún avión en el que había montado, se parecía a un restaurante caro y contemporáneo de Nueva York. Abrumada, se sentó en el primer asiento que vio.

–Supongo que tendré que llamarte «Alteza» a partir de ahora.

–Y tú, a partir de ahora, serás la señorita Taylor cuando haya alguien delante.

Ella se mordió el labio inferior. Los motores empezaron a rugir y sintió el corazón más ligero. No había tenido que renunciar a sus principios gracias a ese giro del destino. Además, no tendría que volver a preocuparse por el dinero, ni ella ni su familia.

–Gracias por contratarme.

–Gracias a usted por solucionarme el problema –replicó él frunciendo el ceño con sorpresa.

Una auxiliar de vuelo, elegantemente vestida con un traje de chaqueta azul, le sirvió agua con gas en una bandeja de plata. Ella dio un sorbo y miró a su nuevo empleador. Sentado en una butaca de cuero blanco, al otro lado de la espaciosa cabina, estaba guapo e irradiaba poder con la vestimenta blanca. Suspiró de alegría y se dejó caer contra el respaldo de la mullida butaca.

–Me gustaría que me vieran todos los que fueron desalmados conmigo en el colegio. Ninguno habría podido imaginarse que llegaría a ser la señorita de compañía de una princesa de Makhtar, y menos con las notas que sacaba en geografía. No habría podido situar a Makhtar en un mapa –tampoco sabía si podría hacerlo en ese momento, pero no lo dijo–. ¿Está seguro?

Él dejó el vaso de agua y la miró con un gesto inescrutable.

–¿Por qué no iba a estarlo?

Ella se sintió cohibida y vaciló.

–Le dije que tengo la mala costumbre de contestar a mis empleadores. Alteza, ¿está seguro de que me desea como empleada cuando sabe el tipo de mujer que soy?

–Estoy seguro, señorita Taylor. No tengo ninguna duda –él la miró a los ojos–. La deseo.

Capítulo 5

IRENE nunca había viajado en un avión privado y menos en un enorme 747 de la Casa Real de Makhtar. Sin embargo, cuando aterrizaron a última hora de la tarde, ya estaba acostumbrándose, para su vergüenza, al lujo que acompañaba a Sharif allá adonde fuera. Incluso el Rolls Royce agrandado y el todoterreno negro de los guardaespaldas empezaban a parecerle algo rutinario.

Solo había una cosa a la que no podía acostumbrarse y que la asombraba todas y cada una de las veces. Lo miró con los ojos entrecerrados. Estaban en la limusina y él hablaba con un joven, su jefe de personal, que había ido a recibirlo al aeropuerto. Hablaban en árabe y ella podía mirarlos con disimulo. Ya no era el playboy seductor que recordaba, era el emir, serio, juicioso y, naturalmente, no le hacía el más mínimo caso a ella. Miró por la ventanilla con cristal oscuro para protegerlos del sol. Makhtar City brotaba del desierto como un diamante pulido. Era una ciudad nueva y se veían grúas por todos lados. Vio gente próspera que se dirigía a cafeterías recién edificadas por aceras recién construidas. Cuando fue de la terminal a la limusina con aire acondicionado, calculó que haría unos treinta grados, pero Sharif le había dicho en el avión que era su invierno.

–En noviembre, la gente sale por fin de sus casas. En verano puede llegar a los cuarenta y cinco grados y los turistas se quejan de que bañarse en el golfo es como darse un baño de agua caliente –él sonrió–. Los lugareños ni lo intentan.

A ella no le parecía invierno y le gustaría quitarse los vaqueros y la sudadera para ponerse unos pantalones cortos y una camiseta de tirantes. Sin embargo, por la calle, los hombres y las mujeres llevaban ropa que les tapaba completamente los brazos y las piernas, aunque no parecía que tuvieran calor. También había más humedad que en Colorado. Tendría que acostumbrarse.

Aun así, esa ciudad y ese país tenían algo que le había gustado inmediatamente. No era solo la resplandeciente arquitectura o la riqueza que se veía por todos lados, sino que las familias pasearan juntas y que, por ejemplo, los jóvenes abrieran las puertas a los mayores. Se respetaba más a la familia que al dinero. Se respetaba más a la sabiduría y la experiencia de la edad que a la belleza y energía de la juventud. Era muy distinto que en su barrio, o, al menos, que en la casa donde se había criado. De niña había anhelado respetar a su madre y a su hermana. Había anhelado tener una madre que la abrazara cuando volvía del colegio y una hermana a la que pudiera admirar y emular. Sin embargo, cuando cumplió los nueve años, se dio cuenta de que, si quería que hubiera leche en la nevera y que se pagara la factura de la luz, tendría que ocuparse ella. Aprendió a llevar una casa observando a Dorothy, pero no podía hacer nada más por su madre y su hermana. Si proponía alguna ocupación distinta, la acusaban de juzgarlas.

Por fin, por primera vez, podría ayudarlas de verdad. Ya no les mandaría partes de su sueldo que no solucionaban nada. Con trescientos mil dólares podría cambiar su vida y las vidas de las personas que amaba a pesar de que le hubiesen roto el corazón muchas veces.

–Señorita Taylor, ¿está preparada?

Habían llegado a un patio con una fuente rodeada de palmeras y Sharif la miraba perplejo.

–Sí, Alteza.

Él abrió mucho los ojos por su tono impersonal, pero ella sabía lo que pasaba en las casas distinguidas. Si dejaba entrever que era algo más que la señorita de compañía de su hermana, si insinuaba, por muy levemente que fuera, que era la amante del emir, todo el personal del palacio la despreciaría antes de que llegara la noche.

–Hace más fresco –comentó cuando un sirviente abrió la puerta y ella se bajó del coche.

–El palacio está en el golfo y aquí, en el patio, se puede sentir la brisa por la sombra de las palmeras –le explicó Sharif acariciándola con la mirada.

Ella miró el palacio que tenía delante y le pareció sacado de un sueño.

–Es como dijo que sería.

–¿El palacio?

–Todo el país.

–Me alegro de que le guste –él se dirigió al jefe de personal–. Por favor, acompañe a la señorita Taylor a sus aposentos.

El joven miró a Irene sin disimular su interés.

–Será un placer.

–Pensándolo mejor, lo haré yo mismo –rectificó Sharif interponiéndose entre ellos.

–Sí, señor –concedió el joven con una decepción evidente.

Sharif se puso en marcha y ella lo siguió.

–No deberías haber hecho eso –susurró ella cuando nadie podía oírlos–. No puedes mostrar interés por mí, los sirvientes cuchichearán.

–Que cuchicheen. No me ha gustado cómo te miró.

–¿Con simpatía?

–Coqueteando –replicó Sharif con el ceño fruncido.

–Eso está mal porque... ¿está casado?

–No.

–¿Prometido?

–No.

–¿Es un mujeriego, un mentiroso o un bárbaro?

–No, claro que no –Sharif apretó los dientes–. Hassan no es nada de eso. Es un hombre honrado e íntegro. Es mi jefe de personal.

–Entonces, ¿por qué no le has dejado que me acompañara? –preguntó ella con los ojos entrecerrados.

–Si hay algún hombre que vaya a tomarte, seré yo –contestó él con suavidad.

Ella se detuvo y se sonrojó. No podía seguir pensando que él...

–Tu habitación está al lado de la de mi hermana. Me dirijo hacia allí –siguió él.

–Ah...

El palacio era enorme y con techos muy altos. Cada vez que pasaban por una habitación, los sirvientes se inclinaban al ver a Sharif. Había tantos pasillos y habitaciones que empezó a preocuparle que no pudiera volver a encontrar el camino. Subieron un tramo de escaleras y ella supuso que llegarían a una especie de zona de servicio, pero las habitaciones eran más lujosas todavía y un temor la atenazó por dentro.

–Su dormitorio no está en el mismo pasillo que el mío, ¿verdad?

–¿Por qué, señorita Taylor? –él la miró con esos ojos inescrutables–. ¿Está pidiéndome instrucciones para llegar a mi habitación?

–Sí. Quiero decir, ¡no! Quiero decir...

Él ladeó la cabeza. Ya tenía una barba incipiente y parecía más poderosamente masculino.

–Su habitación está cerca de la mía. Supongo que no será un inconveniente.

–No sé si es una buena idea –replicó ella pasándose la lengua por los labios.

–¿Por qué?

Porque una parte de sí misma temía que una noche fuese sonámbula y desnuda a su cama, como esa desdichada a la que había despedido. Si Sharif supiera los tórridos sueños que tuvo la noche anterior con él de protagonista... Además, en ese momento era su empleador.

–No quería que pensara...

Él se detuvo y la miró con una sonrisa sensual. Estaban cerca, pero no se tocaban.

–¿Que pensara qué, señorita Taylor?

–Da igual –contestó ella con un gritito de bochorno.

Sharif la miró fijamente, apretó las mandíbulas y se dio la vuelta.

–Por aquí.

Ella lo siguió por otro pasillo temblando por el deseo reprimido. A medida que se acercaban a las estancias reales, cada vez había más personas por los pasillos, y no solo sirvientes. También había asesores del emir, unos hombres serios con ropajes blancos. Algunos se inclinaban y otros bajaban un poco la cabeza, pero todos mostraban un respeto sincero hacia Sharif.

–Le quieren –comentó ella.

–¿Le sorprende? –preguntó él con ironía.

–Es que... ya no veo ese respeto por los líderes.

–Recuerdan lo que pasó –replicó él con las mandíbulas apretadas.

–¿Lo que pasó?

–Ya hemos llegado, señorita Taylor.

Sharif abrió la puerta, miró dentro y le indicó que podía entrar mientras él se quedaba fuera.

Ella entró, dio dos pasos y se quedó boquiabierta al ver la cama enorme y la vista del golfo Pérsico desde el balcón. La lujosa decoración de estilo árabe no se parecía a nada de lo que había visto antes. Su habitación de la villa italiana le había parecido impresionante, pero era como la de un motel de carretera en comparación con esa.

–¿Toda la habitación es para mí? –preguntó ella con incredulidad.

–La cena es a las nueve –contestó Sharif sin entrar.

Ella se dio la vuelta para mirarlo e, involuntariamente, se imaginó una cena privada para dos.

–No sé si...

–Mi hermana nos acompañará.

–Ah... –ella se sonrojó–. Entonces, allí estaré, naturalmente.

–Naturalmente, porque yo lo he pedido.

Él le recordó cuál era la posición de ella y quién era el rey, pero sus sensuales ojos negros dijeron otra cosa y ella ¡tuvo que contenerse!

–Gracias, Alteza. Estoy deseando conocer a su hermana.

Él inclinó la cabeza y se marchó. Ella cerró la puerta, se apoyó en ella y respiró. La habitación era el doble de grande que la casa donde se había criado. Miró el damasco de seda, la elegante decoración, las hojas doradas de las paredes... Además, y eso era lo más sorprendente de todo, habían transportado milagrosamente las escasas pertenencias que tenía en el apartamento de París. ¿Cómo lo había hecho? ¿Era un mago? Sí, era un mago que sabía tirar de hilos invisibles. Sin embargo, tenían un contrato laboral y todo el porvenir de su familia dependía de él. Un solo desliz, una sola insinuación de que estaba resistiéndose como podía a la atracción que sentía hacia él, y la despediría tan implacablemente como a su predecesora. Tenía que olvidarse de todo lo que había pasado en Italia. Tenía que olvidar la calidez de su piel cuando le había tomado la mano, la intensidad de su mirada, su sonrisa, la fuerza de su cuerpo cuando había bailado con ella, la pasión de su beso, su voz ronca cuando le dijo que estaba seduciéndola. El emir de Makhtar, gobernante absoluto de un próspero reino del golfo Pérsico, la había deseado. Tenía que olvidarse de ese milagro. Se llevó una mano temblorosa a los labios, que todavía sentían el beso de la noche anterior. ¿Cómo iba a olvidarse?

Sharif fue de un lado a otro del comedor. Irene se retrasaba y eso le extrañaba. Su hermana también se retrasaba, pero eso le extrañaba menos. Había hablado brevemente con ella después de haber acompañado a Irene, a la señorita Taylor, a su habitación. Aziza se había alegrado de verlo durante tres segundos, lo que tardó en comunicarle, sin darle explicaciones, que había despedido a Gilly y que había contratado a otra señorita de compañía.

—Pero mañana iba a llevarme a Dubái —se había quejado su hermana—. ¿Te parece poco que me obligues a seguir con la boda? ¿También tienes que privarme de mi única amiga? ¡Estoy atrapada aquí! ¡Soy una prisionera!

Luego, se había dejado caer en su enorme cama entre sollozos.

Sharif, irritado al recordarlo, siguió yendo de un lado a otro y apoyó una mano en la repisa de la chimenea. Se construyó hacía diecinueve años, como todo el palacio, que era una copia exacta del que había quedado en ruinas durante los meses de guerra civil que siguieron a la muerte de su padre. Aziza, si quería, podía reprocharle el matrimonio que había elegido ella misma, pero no iba a incumplir su palabra. No iba a arriesgarse al escándalo y a la inestabilidad ni por su felicidad ni por la de su hermana.

Oyó un ruido, se dio la vuelta y vio al jefe de personal.

–¿Sí?

–Lamento comunicarle, señor, que traigo un mensaje de la jequesa. Quiere que le informe de que se encuentra mal y de que no le acompañará durante la cena ni conocerá a la nueva señorita de compañía.

Su irritación se hizo casi insoportable. Se imaginó a su hermana, petulante y mimada, que intentaba salirse con la suya. Abochornarlo, como hermano y anfitrión, al negarse a aparecer para conocer a su señorita de compañía haría que fuese más feliz todavía.

–Muy bien –replicó él con frialdad–. Por favor, dé instrucciones en la cocina para que no le lleven comida. Es posible que recuerde los modales cuando tenga hambre.

–Sí, señor –confirmó Hassan con descontento antes de inclinarse y marcharse.

Sharif lo observó. Le había dicho la verdad a Irene. Hassan sería un buen marido para cualquier mujer. Era un hombre equilibrado, de buen corazón y con cierta categoría social. Además, con veintiocho años, seguramente estaría buscando novia. Sin embargo, cuando lo vio con Irene para acompañarla a sus aposentos, sintió que algo se le revolvía por dentro. Fue, casi, como celos. Algo que no estaba acostumbrado a sentir.

Su cuerpo se puso en tensión cuando se acordó de cómo tembló ella entre sus brazos cuando la besó, de cómo lo rodeó con sus brazos y se apoyó en su cuerpo mientras también lo besaba, con delicadeza e incertidumbre al principio, pero con una pasión creciente después. Había sido la única vez que no había conseguido seducir a una mujer. Era irónico porque era la mujer que más había deseado y todavía anhelaba poseerla.

«El sexo es sagrado. Es una promesa sin palabras. Es una promesa que solo haré al hombre que me amará el resto de su vida y al que amaré el resto de la mía».

Dejó a un lado esos recuerdos. No iba a perder más tiempo anhelando a una mujer que no podía conseguir. Le asombraba esa decisión tan idealista, pero también la respetaba. Además, en ese momento, se daba cuenta de por qué la había envidiado. Porque el amor, incluso la lujuria, nunca entrarían en su matrimonio. Nunca haría el amor, como había dicho Irene melancólicamente. En cualquier caso, muy poca gente lo conseguía. La lujuria duraba poco, el matrimonio era largo y el amor romántico era una fantasía.

Fue hasta la mesa, tomó una copa de plata, dio un sorbo de agua y se secó los labios.

El nerviosismo de Irene cuando estaba con él y la forma de mirarlo le indicaban que seguía deseándolo. Si quisiera seducirla a pesar de sus ideales románticos... No, no era tan malnacido y egoísta. La dejaría en paz a pesar de ese beso abrasador, a pesar de que la deseara como no había deseado a ninguna mujer. No sería...

—Lo siento, me he retrasado.

Irene lo dijo con frialdad y sin arrepentimiento, pero encendió una chispa ardiente en su cuerpo. Se dio la vuelta dispuesto a replicar algo burlón, pero se quedó mudo cuando la vio. Iba vestida de blanco, el color de la pureza. ¿Podía ser más evidente su intención? Sin embargo, le había salido el tiro por la culata porque el color blanco de su recatado vestido realzaba la blancura de su piel, el pelo moreno parecía más exótico y sus ojos marrones resultaban profundos y misteriosos como la noche. Cualquier hombre moriría por ella.

—¿Dónde está su hermana? —preguntó ella mirando alrededor con el ceño fruncido.

—¿Aziza? —a él le costó acordarse y se aclaró la garganta—. Lo lamento, pero mi hermana se encuentra mal y no podrá acompañarnos esta noche.

Ella lo miró con recelo con los ojos entrecerrados.

–Le aseguro que no ha sido idea mía, pero, si mi hermana no tiene hambre, yo sí. Vamos. Estoy seguro de que el cocinero estará impaciente, porque la cena ya llevará un rato preparada.

–Ah... Lo siento. No lo había pensado. Sin embargo, los dos... Quiero decir, ¿no es inadecuado?

–¿Por qué?

–Los dos... Solos...

–¿Qué quiere que haga para evitar las habladurías? ¿Quiere que invite al jefe de personal?

–Buena idea –contestó ella con un brillo en los ojos.

–Lamentablemente, tiene otras obligaciones –replicó él con el ceño fruncido–. Ya se ha ido a su casa, con su familia.

–¿Con su novia?

–Con su madre. Se toma mucho interés por él cuando acaba de conocerlo.

–Es la única persona que he conocido, aparte de las tres personas a las que he tenido que preguntar cómo se iba al comedor, claro.

Por eso se había retrasado. Él había creído que lo había hecho para provocarlo. Se relajó cuando los sirvientes llevaron los platos con pollo, carne, arroz, verduras y las tortas típicas de Makhtar. Toda la habitación olió a especias.

–Cuénteme algo más sobre su país –le pidió ella mientras empezaba a comer–. También será mi país durante los próximos tres meses, como mínimo –suspiró de placer al masticar un trozo de pollo–. Usted dijo que no siempre fue así.

–No –él dudó porque no sabía cuánto quería contarle–. Si va a ser la señorita de compañía de mi hermana, deberá saberlo. Cuando mi padre murió, el país cayó en una guerra civil.

–¡No! –exclamó ella quedándose pálida y dejando el tenedor.

–Mi padre había mantenido todo unido, pero, cuando desapareció súbitamente, las grandes familias no se pusieron de acuerdo en nada, salvo en que no querían que un niño de quince años subiera al trono.

–¿Fue grave? –preguntó ella en voz baja.

–La mitad de la ciudad ardió –contestó él mirando su plato–. Cuando llegué desde el internado, el palacio estaba reducido a cenizas. Un día era un niño que estaba estudiando astronomía e historia y al día siguiente mi padre estaba muerto, mi madre se hallaba postrada por el dolor y la rabia, mi casa estaba destruida y mi país ardía por los cuatro costados.

El comedor se quedó en silencio y Sharif levantó lentamente la mirada. Vio lágrimas en el hermoso rostro de Irene, pero no sintió nada. Hacía mucho tiempo que había dejado de sentir algo.

–¿Qué... hizo? –preguntó ella con la voz entrecortada.

–Lo que debía hacer.

–Solo tenía quince años.

–Crecí muy deprisa. El hermano de mi madre y el que fue asesor de mi padre, el visir, querían ser los regentes hasta que yo cumpliera dieciocho años. Estaban destruyendo Makhtar y pude verlo aunque solo tuviera quince años –dejó la copa con ganas de acabar lo antes posible–. Hice el pacto que había que hacer y traje a Aziza a vivir con nosotros. Era una recién nacida.

–¿No vivía con usted?

–Estaba con su madre.

–Pero su madre estaba con usted.

–Aziza es mi hermana por parte de padre. Cuando perdí a mi padre, ella perdió a sus dos padres.

–¿Quiere decir...? –Irene contuvo el aliento–. ¿La madre de Aziza era la amante de su padre? ¿La mujer que lo mató?

Él asintió con la cabeza. Ella se llevó las manos a la boca como si no pudiera soportar el dolor, pero ¿por qué?, se preguntó Sharif. ¿Por qué se lo tomaba tan personalmente?

–¿Aun así la trajo aquí y la crio?

–No podía abandonarla. Es mi hermana –Sharif apretó los dientes y miró hacia otro lado–. Ella no tenía la culpa de lo que había pasado y me necesitaba.

Irene se quedó un rato mirándolo.

–Tiene corazón –susurró ella.

–¿Qué podía haber hecho? ¿Negarme a verla como hizo mi madre? ¿Dejarla en un orfanato o un sitio peor? Es princesa por linaje, es mi hermana.

–La quiere.

–Sí.

Por mucho que Aziza lo irritara algunas veces, él nunca podría olvidarse de la primera vez que la vio, cuando era un bebé diminuto que lloraba tanto que parecía que iba a asfixiarse.

–Tiene corazón –repitió ella como si no pudiera creérselo.

–Cualquiera habría hecho lo mismo.

–Su madre no lo hizo.

–No sea dura con ella –Sharif sintió un nudo en la garganta–. Ella acababa de perderlo todo. Casi no podía mirarme a mí tampoco. Su corazón se dio por vencido y murió unos meses después.

–Entonces, ¿se quedó solo para gobernar el país con quince años? Y con una hermana recién nacida. ¿Qué hizo? A los quince años, a mí me costaba tener un empleo después del colegio para pagar la luz y el agua. ¿Cómo consiguió reunificar el país?

Eso era lo que había temido contarle, lo que había intentado afrontar él mismo.

–Porque, ya entonces, conocía la naturaleza humana

–la miró porque no quería ser un cobarde–. Hice creer a mi tío que tendría mucha influencia sobre mí para que renunciara a la idea de ser regente. En cuanto al visir... le prometí que me casaría con su hija.

Irene lo miró fijamente y parpadeó como si no hubiera oído bien.

–¿Está...? –tragó saliva–. ¿Está prometido?

–Todavía no se ha anunciado oficialmente.

Él miró la copa de agua y deseó que fuese algo más fuerte. En el palacio, respetaba la costumbre de su país y no bebía alcohol. Sin embargo, se habría bebido una botella de whisky mientras decía las palabras que había intentado eludir durante meses.

–Sin embargo, ha llegado el momento de que cumpla mi promesa. Nuestro compromiso se anunciará después de la boda de Aziza.

–¿La...? –Irene se acobardó, pero siguió con un susurro–: ¿La ama?

–No es una cuestión de amor. Hice una promesa y no puedo echarme atrás, aunque quisiera –él miró hacia otro lado–. Cuando llegue el momento, haré el sacrificio.

–¿Sacrificio? Lo dice como si fuese la muerte.

–Lo es –reconoció él en voz baja–. Durante los últimos meses de libertad, he intentado disfrutar de todos los placeres que he podido, pero noto que los barrotes están cerrándose.

Irene lo miró fijamente y él vio que su hermoso rostro se debatía entre la compasión y la rabia, pero ganó la rabia.

–¿Cómo ha podido vivir como el mayor playboy de Europa?

–Mi fama de playboy podría ser mayor de la que me merezco...

–¿Estaba comprometido para casarse con alguien?

–ella se levantó con la furia reflejada en el rostro–. ¿Cómo pudo coquetear conmigo cuando estaba prometido a otra mujer? ¿Cómo pudo intentar seducirme? ¿Cómo pudo besarme?

–Porque intento no pensar en eso –él también se levantó, pero su furia podía ser fría y despectiva–. ¿Puede entender lo que es despreciar a alguien con toda tu alma y aun así tener que llamarla tu esposa y tener un hijo con ella? –apretó los dientes y la miró con el ceño fruncido–. Me preguntó por qué estaba en la boda de Falconeri. ¡No lo conozco casi! ¡Fui porque intentaba aceptar mi destino! –se dio la vuelta e hizo un esfuerzo para serenarse–. Fui porque necesitaba comprobar que las fantasías que había tenido sobre el matrimonio eran ridículas. Sabía que Falconeri iba a casarse con su ama de llaves por el bebé. Creí que, si iba a la boda, descubriría la verdad, descubriría que no podían soportarse. Sin embargo, vi algo completamente distinto y la conocí a usted.

La miró y el corazón se le desbordó de emoción al ver su rostro hermoso, sincero y desolado. Anheló lo que nunca había conocido y nunca conseguiría. Se miraron a los ojos y la expresión de Irene se volvió triste, vulnerable, dolorida.

–¿Cómo pudiste?

–¿Cómo no iba a hacerlo?

Ella sacudió la cabeza con el rostro lleno de lágrimas.

–No vuelvas a besarme jamás –consiguió decir antes de salir corriendo.

Capítulo 6

NO TENÍA por qué llorar. Su Alteza era su empleador y nada más. Le daba igual que la hubiese besado en Italia cuando estaba prometido a otra mujer. En realidad, solo había demostrado que era el mujeriego sin corazón que creyó al principio que era. Aunque quizá tuviera algo de corazón... «¿Puede entender lo que es despreciar a alguien con toda tu alma y aun así tener que llamarla tu esposa y tener un hijo con ella?». ¡No! ¡No pensaba tenerle lástima! «Hice el pacto que había que hacer para salvar a mi país». Se tapó los oídos mientras corría por el pasillo. Las cosas estaban bien o mal, sin matices. ¡Lo que él había hecho estaba mal!

Consiguió encontrar el camino a su habitación y se duchó. Se miró al espejo y se quedó helada. Se tocó los labios con los dedos. Todavía podía notar sus labios mientras la besaba apasionadamente. Todavía podía notar cómo lo besaba ella con una esperanza embriagadora. Bajó la mano, miró por la ventana y se tragó el nudo que tenía en la garganta. La mentira o el sueño había terminado. Se metió en la cama y se tapó hasta la barbilla. ¿Qué le habría dicho Dorothy? Que no podía vender su integridad. Ya no podía seguir en Makhtar bajo el mismo techo que él. Tomaría el primer vuelo a... ¿Adónde? ¿A su pueblo para reunirse con su madre y su hermana? ¿Renunciaría al sueño de ocuparse de ellas? Imposible. Se quedaría tres meses. Podía y tenía que hacerlo. No se sentiría atraída por su peligroso y prometido jefe. Lo miraría con frialdad... Volvió a pensar en su rostro y en sus ojos desolados. «¿Puede entender lo que es despreciar a alguien con toda tu alma...»? ¡No iba a sentir lástima por un hombre que lo tenía todo! Todo menos la esperanza del amor hasta el día que se muriera...

Se dio la vuelta en la cama. Se quedaría y trabajaría, pero nada más. No volvería a pensar en él, se prometió a sí misma con un bostezo. No volvería...

Sin embargo, vio a Sharif vestido de negro a la orilla del lago Como.

–«¿Qué haces aquí?».

Él se dio la vuelta y la luz de la luna le iluminó el pelo y los ojos negros.

–«¿No lo sabes?» –preguntó él con delicadeza mientras se acercaba.

Ella negó con la cabeza y él la abrazó con una expresión que no le había visto nunca.

–«Estoy seduciéndote, Irene. Llevo toda mi vida esperando para seducirte. Esperándote a ti».

Las palabras se repitieron como un eco burlón que le atenazaba el corazón entre el éxtasis y el dolor porque ella sabía que también había estado esperándolo, aunque en vano. Pero ¿por qué? ¿No estaban hechos el uno para el otro? ¿No habían estado esperándose en su soledad?

La expresión de Sharif se hizo más anhelante y susurró su nombre. Ella se quedó hechizada mientras él bajaba la boca.

–«Ven conmigo» –susurró él–. «Ámame» –sus labios se rozaban hipnóticamente con cada palabra–. «Sálvame».

Ya no pudo resistirse, lo rodeó con los brazos y lo besó, lo estrechó contra sí y se hundieron en la cama. Introdujo los dedos entre su pelo y se deleitó con su peso sobre el colchón mientras lo besaba. Necesitaba sentir más, mucho más... Una alarma se disparó en lo más profundo de su cabeza. ¿Colchón?

Abrió los ojos y se dio cuenta de dos cosas. Había estado soñando con él en un lago italiano y ya no estaba soñando. Estaba en la cama con Sharif encima, con sus irresistibles labios sobre los de ella... Entonces, se acordó de por qué tenía que resistirse y lo empujó con fuerza.

–¿Qué haces? –gritó ella con furia.

Se sentó y encendió la lámpara de la mesilla. Sharif estaba sentado en el borde de la cama.

–¡Te dije que no volvieras a besarme jamás!

–Tú me has besado –replicó él.

–No seas... –se quedó muda y humillada al acordarse del sueño–. ¡No deberías estar aquí!

–Hace un momento no pensabas lo mismo.

–Creía que estaba soñando.

–¿Estabas soñando conmigo? –preguntó él con una ceja arqueada.

–¿Qué haces aquí? –preguntó ella sonrojada–. ¡Lárgate!

Sharif se levantó como si no hubiese pasado nada, aunque ella estuviera humillada, embriagada y furiosa. ¡Odiaba los sueños!

–Necesito tu ayuda –dijo él sin inmutarse–. Necesito que vengas conmigo ahora mismo.

–¿Te has vuelto loco? Son... –Irene miró el reloj antiguo de la mesilla– las tres.

–Mi hermana se ha escapado.

–¿Estás seguro? –lo miró con los ojos entrecerrados–. Será mejor que no sea una broma...

–¿Crees que bromearía sobre mi hermana?

–No.

Irene suspiró mientras la furia se disipaba. Se levantó y vio un brillo burlón en los ojos de él cuando se fijó en el camisón de franela que la tapaba desde el cuello hasta las muñecas.

–¿Hay algo que te parece gracioso?

–No, nada.

Al parecer, las amantes de Sharif no llevaban camisones anticuados, pero a ella le gustaba.

–Aziza se ha ido sin guardaespaldas. Solo se ha llevado a su vieja institutriz. Es posible que no pase nada, pero necesito que me ayudes a encontrarla antes de que se enteren los sirvientes.

Ella asintió con la cabeza. Alguno podría contárselo a algún amigo y el rumor sería imparable.

–Pero ¿por qué se ha escapado?

–El motivo es lo de menos. Hay que encontrarla antes de que también se entere su prometido.

–¿Por qué iba a escaparse tu hermana de su prometido? –insistió ella–. Si yo fuera a casarme, estaría contando los días que faltaban...

–Eres una ciudadana normal. Tienes una libertad que Aziza y yo no tendremos nunca. Vístete y acompáñame.

¿Era posible que su hermana no quisiera casarse? Sin embargo, sabía que era inútil preguntárselo a Sharif. Se lo preguntaría a Aziza cuando la encontraran.

–Dame tres minutos. Espérame fuera.

–Tres minutos, ni un segundo más. Luego, entraré –le advirtió él antes de salir y cerrar la puerta.

Ella fue corriendo al armario, se puso un vestido largo y una chaqueta vaquera, se recogió el pelo en una coleta, agarró el bolso y abrió la puerta. Había tardado dos minutos, como mucho.

Él, que estaba apoyado en la pared, se incorporó con gesto de asombro.

–¿Sorprendido? –preguntó ella en tono burlón.

–No había conocido a ninguna mujer que pudiera... Bueno, eres distinta, eso es todo.

No tan distinta. Si se había dado tanta prisa, había sido para que él no volviera a entrar, pero, incluso en ese momento, se acordó de lo que sintió al tenerlo encima, al introducir los dedos entre su pelo mientras lo estrechaba contra ella y lo besaba tan profundamente que... Se sonrojó. Lo había besado y le había dicho que había soñado con él. Tenía que fingir.

–¿Tienes alguna idea sobre dónde puede estar?

Él asintió con la cabeza y le hizo un gesto para que lo siguiera por el pasillo. Una vez fuera del palacio, él levantó bruscamente una mano. Ella se detuvo, pero comprobó que se dirigía a sus guardaespaldas. Por primera vez desde que lo conocía, iba a seguir sin ellos.

–¿Vamos a tomar un avión? –preguntó ella.

–No, implicaría a demasiada gente –contestó él sin pararse–. Vamos a tener que viajar sin que nadie se fije en nosotros. Tendremos que ser invisibles.

Irene lo siguió por el patio hasta que se paró delante de un edificio con unas puertas correderas muy grandes. Lo miró y vio una expresión de miedo que la dejó atónita. Nunca se había imaginado que Sharif pudiera tener miedo, pero ¿qué sentiría ella si su hermana se hubiese escapado o su madre hubiera desaparecido?

–La encontraremos, Sharif –susurró ella mientras le tomaba una mano–. Todo saldrá bien.

Él miró su mano.

–Gracias –Sharif retiró la mano y abrió el garaje–. Vamos.

–Sigo sin poder creerme que esto te parezca invisible –comentó Irene unas horas más tarde.

Él sonrió desde detrás del volante de un deportivo rojo disparatadamente caro.

–Solo intento no destacar.

–No destacar –ella resopló y se estiró bostezando–. Tú...

Entonces, ella vio los rascacielos a lo lejos, cerró la boca y abrió los ojos como platos.

–¿Eso es...?

–Sí. Dubái –contestó él.

Estaba amaneciendo, pero ya hacía calor. Ella había dormido unas horas y tenía un recuerdo vago de una autopista por el desierto. Se detuvieron en una gasolinera de Abu Dabi y ella compró, con la tarjeta de crédito, una bolsa de caramelos que guardó en el bolso. También compró dos cafés y los llevó afuera justo cuando Sharif terminaba de llenar el depósito. Él miró el vaso de cartón como si fuera una joya de valor incalculable, dio un sorbo, suspiró con satisfacción y la miró a los ojos.

–Gracias.

–No es gran cosa. Solo es café. ¿No estás acostumbrado a que te traigan cosas?

–Sí, los sirvientes y los aduladores, pero no... –él volvió a mirar el café y esbozó una sonrisa–. No estará envenenado para que no vuelva a besarte, ¿verdad?

–No puedo culparte –ella suspiró–. Esta vez fui yo quien te besó a ti.

Él la miró a los ojos y saltó una descarga de electricidad. ¡No! ¡Ella no iba a desear lo que no podía conseguir! Se dio la vuelta y abrió la puerta del acompañante.

–Tu hermana.

–Sí.

Sharif se montó en el coche y encendió el motor, pero ella miró por la ventanilla mientras se dirigían al norte. Notaba demasiado la presencia de Sharif en el coche e intentó fijarse en los edificios resplandecientes situados en medio del desierto.

–¿Cómo sabes que está aquí? –preguntó ella cuando estaban acercándose a Dubái.

–Ayer estaba enfadada conmigo porque había despedido a Gilly.

–¿Gilly?

–Su señorita de compañía, la que creyó que era divertido meterse desnuda en mi cama.

–Ah...

–No era una buena influencia para Aziza. Estaba convencida de que los lujos la harían feliz.

–No sé por qué iba a preocuparte eso –comentó ella con sarcasmo mientras apoyaba el brazo en la ventanilla del Ferrari.

–Convenció a mi hermana para que aceptara la petición del sultán de Zaharqin por sus generosos regalos y su categoría. Yo discrepaba, pero ya he dado mi palabra y no puedo permitir que ella se eche atrás.

–A los diecinueve años se cambia de opinión constantemente.

–Si mis súbditos no creen que mi palabra es firme, ¿cómo puedo esperar que me respeten y obedezcan? –preguntó él mirando los rascacielos de Dubái–. Creo que ha podido venir a la villa de vacaciones que tenemos aquí.

–¿Villa de vacaciones? ¿Para cuando te cansas de que te traten a cuerpo de rey en el palacio?

–El centinela me llamó hace unas horas y me confirmó que mi hermana está allí con su niñera.

–¿Su niñera?

–Sí. Puede decirse que Basimah la crio.

–Entonces, ¿por qué no te avisó ella de lo que pretendía hacer Aziza?

–¿Basimah? La protege con uñas y dientes y me considera su enemigo desde el compromiso.

–¿Por qué ha cambiado de opinión tu hermana? ¿El sultán le hizo un regalo que no le gustaba?

Él miró sombríamente hacia la autopista, que empezaba a tener un tráfico intenso.

–El sultán de Zaharqin es mayor que ella.

–¿Mucho mayor?

–Cuarenta años.

Irene lo miró con los ojos como platos antes de explotar.

–¿Vas a hacer que una chica de diecinueve años se case con un hombre tres veces mayor que ella? ¿Te has vuelto loco?

–Aziza fue quien lo quiso. Si ha cambiado de opinión, su deber es servir al pueblo. Como el mío.

–¡Es ridículo!

–No, señorita Taylor –Sharif apretó las mandíbulas–. Usted es ridícula por criticar algo que no entiende. Usted solo es responsable de usted misma y de su familia, no sabe lo que significa gobernar un país. Aziza tiene el privilegio y el deber de proteger a nuestro pueblo y eso significa que tiene que hacer todo lo que pueda.

–Pero solo tiene diecinueve...

–Yo tenía quince años –la interrumpió él agarrando con fuerza el volante.

–Maduraste muy pronto.

–Como tú –la miró fugaz e implacablemente–. ¿Por qué te escapaste tú?

–No me escapé –contestó ella mirándolo fijamente.

–Te marchaste a Nueva York y a París. Luego, has venido a Oriente Próximo. ¿No te escapaste?

–Necesitaba un empleo...

–Tenías un buen empleo en Nueva York, pero decidiste marcharte a París cuando encontraste otro con el primo de tu empleador. No se trataba del dinero, sino de la distancia.

Ella se quedó helada. Si ya sabía eso....

–¿Qué sabes de mi pasado? –susurró ella.

–Todo. ¿Crees que te habría contratado si no lo supiera?

–Entonces, ¿sabes que mi madre y mi hermana...? –a Irene se le quebró la voz.

–Sí. Lo sé todo –contestó él con una expresión más afable.

–¿Y no quieres que esté a un millón de kilómetros de tu hermana?

Él negó con la cabeza.

–Pero te importa mucho la reputación y...

–Me importa el honor –la corrigió él–. Además, no tienes la culpa de las decisiones de los demás, aunque sean personas a las que quieres.

Los nudillos de Sharif se quedaron blancos y ella se acordó de que él también tenía motivos para creer eso. Siguieron en silencio hasta que él volvió a hablar.

–Lo único que no pude entender del informe fue cómo conseguiste el empleo de Nueva York. ¿Por qué te eligió a ti una adinerada familia de Park Avenue y te llevó desde Colorado?

–Yo era muy joven y de un pueblo y ellos querían una niñera sana y sin complicaciones.

–No tienes complicaciones a tu manera –murmuró él–. Proteges tu corazón.

–Sí –ella se puso seria–. Y tú te equivocas al obligar a Aziza a que se case en contra del suyo.

–Creía que me apoyarías con tu idea sobre la santidad del matrimonio –replicó él.

Ella miró los rascacielos que se elevaban dando giros inconcebibles.

–El matrimonio no es solo un montón de palabras escritas en un papel. El compromiso solo puede nacer del corazón, del amor.

–Ahórrame lo que pienses sobre el asunto –le pidió él con una sonrisa mirando hacia delante.

–Mira –a ella le ardían las mejillas–, entiendo tu sentido del honor como gobernante de tu país, pero hasta tú tienes que entender que...

–Usted, señorita Taylor, puede hacer lo que quiera con su vida –la miró con desdén–. Puede tomar decisiones para toda la vida que se basan en fantasías románticas, puede romper compromisos, casarse por capricho y divorciarse cuando quiera. Puede tomar las decisiones necias y autocomplacientes que quiera, pero...

–¡Necias! ¡Autocomplacientes!

–...pero Aziza y yo, no. Señorita Taylor, ¿cuántos matrimonios felices ha visto en la vida real?

–¡Emma y Cesare!

–Están recién casados. Cualquiera puede ser feliz durante cuatro días. ¿Alguno más?

–Puede decirse que a mí me crio una pareja de ancianos que vivía al lado de mi casa –contestó ella lentamente–. Acababan de terminar el instituto cuando se fugaron al juzgado, pero estuvieron casados durante más de cincuenta años. Se amaron, criaron hijos, se cuidaron, envejecieron juntos y murieron con un día de diferencia.

–Después de cincuenta años de matrimonio, lo más probable es que se alegraran de morir.

–¡Cállate! –gritó ella–. ¡No sabes de lo que estás hablando!

–Ah, puedes difundir la verdad, pero no puedes aceptarla.

–¡Se amaban! ¡Su casa era el único sitio donde me sentí feliz y a salvo durante mi infancia!

–Por fin –comentó él con delicadeza–. El motivo de tu férrea virginidad. Crees que, si te reservas para el matrimonio, serás feliz y estarás a salvo el resto de tu vida. Sin embargo, no es así.

–¿Cómo es? ¿Acostándote con mujeres que ni siquiera recuerdas? ¿Sabiendo que nunca tendrás a alguien que te respaldará, te protegerá y te adorará? Cuéntame algo más sobre tu fabulosa vida, Sharif, ¡sobre lo maravilloso que es no amar a nadie y que nadie te ame! –ella parpadeó con rabia para contener las lágrimas–. Te da miedo reconocer que tengo razón porque si lo hicieras...

–Basta –dijo el arrogante e intocable emir de Makhtar–. He permitido tu sinceridad y la he agradecido porque necesito que mi hermana tenga una señorita de compañía en la que pueda confiar, pero no me hables de amor. El amor solo es una ilusión egoísta que los débiles anteponen al deber, al honor y a su propio bien. La gente destruye sus vidas y las de sus familias por esa cosa venenosa que llamas «amor».

El deportivo iba cada vez más deprisa entre el tráfico, hasta que Sharif salió de la autopista casi sin aminorar la velocidad. Irene pensó que él había tenido razón en una cosa. Nadie se fijaba en ese coche rojo. Tomó aliento.

–Cuando me contrataste, te dije que podrías arrepentirte porque no me callo la verdad.

–No es la verdad. Es tu opinión, y puedes tenerla porque no tienes nada que perder. Las vidas de doscientas mil personas no dependen de ti.

–No, pero...

–Cuéntame tus sentimientos, Irene Taylor, dime lo que se te pase por la cabeza cuando quieras, pero, si le hablas a mi hermana del amor eterno, ese día será el último como empleada mía, te devolveré a tu casa sin pagarte. ¿Lo has entendido?

Ella apretó los dientes y miró por la ventanilla.

–¿Lo has entendido?

–Sí.

Irene se agarró al asiento cuando él giró para entrar por un camino privado que se dirigía hacia una tapia de estuco de unos cuatro metros de altura con una verja. El ambiente en el coche, que había vibrado con sensualidad en la gasolinera, era gélido. ¿Cómo era posible?, se preguntó ella. Hacía unas horas, había estado llorando solo de pensar en el compromiso de él. En ese momento, le encantaría sacarlo del Ferrari a empujones y dejarlo en la cuneta.

Capítulo 7

NO PUEDO creerme que te arriesgaras a venir aquí sin protección. Sabes muy bien que tu futuro marido puede enterarse de tu estúpida escapada –Sharif miró a su hermana con el ceño fruncido. Ya llevaba un rato riñéndola–. De todas las idioteces egoístas...

Aziza estaba sentada en un sofá de la terraza que daba a una piscina descomunal y al golfo Pérsico. Miraba al suelo con aparente sumisión, pero él captaba la obstinación en su barbilla. La misma obstinación que se reflejaba en el rostro de las dos mujeres que se hallaban sentadas a sus lados. La anciana Basimah estaba a su izquierda y lo miraba con furia porque el hermano mayor, quien solo era el emir de Makhtar, se atrevía a regañar a su adorada niña.

–Que nunca se te ocurra hacer algo parecido otra vez... –siguió él sin hacer caso de la institutriz.

Sin embargo, la mujer que estaba a la derecha de Aziza le tomó una mano y lo miró fijamente.

–Ya ha explicado por qué vino a Dubái, Alteza –intervino Irene con frialdad–. Se ha disculpado por no decírselo, pero no puede censurarle que se tome un discreto fin de semana –Irene arqueó una ceja para darle a entender que era el menos indicado para criticarla–. Al fin y al cabo, no es una prisionera, ¿verdad?

Sharif frunció más el ceño. Había esperado que Irene se llevara bien con su tozuda hermana, pero no que se hubiesen hecho amigas tan deprisa ni que se pusiese del lado de su hermana tan hábilmente que a él le costara rebatirla. Aziza también lo sabía y tenía un motivo para discutir en inglés, no en árabe.

–En Makhtar City hay muchos sitios para relajarse –replicó él entre dientes.

–Pero la jequesa quería esquiar en la pista cubierta que hay en el centro comercial –Irene esbozó una sonrisa muy dulce–. Habría podido pedirle el avión privado para ir a Suiza, pero vino aquí discretamente y por mucho menos dinero. Creo que habría que alabar su austeridad.

–Naturalmente –concedió él a regañadientes.

Esa mujer debería ser diplomática. No solo estaba ofreciendo una defensa a su hermana, sino que, indirectamente, estaba recordándole lo que se gastaba él cuando viajaba al extranjero. Además, estaba minando su autoridad y le daba más confianza a su hermana sobre la decisión que había tomado respecto a la boda. Sin embargo, Irene no sabía con quién estaba tratando.

Miró a su hermana. Todavía tenía lágrimas en los mofletes. Al fin y al cabo, solo tenía diecinueve años. Él empezó a tomarse fines de semana furtivos a la misma edad para escapar de las presiones del palacio. Eso fue lo primero que temió cuando se enteró, que hubiese ido a reunirse con algún chico. Afortunadamente, no era el caso y quizá, solo quizá, estuviese siendo demasiado rígido con ella.

–Solo quiero que seas feliz –siguió él con un suspiro.

–¿Cómo voy a ser feliz cuando solo estoy esperando a casarme con ese anciano?

–Desde luego, ¿cómo? –murmuró Irene.

Aziza, estimulada, miró con rabia a su hermano y levantó la cabeza desafiantemente.

–Es como si estuviera esperando a la guillotina.

–Hiciste una promesa –replicó él implacablemente–. Sabes cuál es tu deber. Tú tienes el tuyo y yo tengo el mío.

–¡No es justo! Salí de un internado de señoritas para entrar en el palacio y estoy atrapada allí hasta que me vaya a la casa de mi marido, donde quedaré atrapada el resto de mi vida –Aziza sacudió la cabeza–. Tú has vivido tu vida durante los últimos diecinueve años, has mandado a todo el mundo como emir y te has divertido en Londres y por todo el mundo. ¿Qué he hecho yo? ¿Cuándo me tocará vivir?

Sharif miró a las tres mujeres que tenía enfrente y se sintió superado por un momento. Vio la crispación en el rostro de Aziza. Solo quería bañarse y esquiar para no pensar en el compromiso que había adquirido tan precipitadamente. Él podía entenderlo mejor que nadie.

–Es posible que no te haya dado suficiente libertad por mi deseo de mantenerte a salvo. No me di cuenta de que te sentías atrapada en el palacio –Sharif hizo una pausa–. ¿Nos quedamos unos días en Dubái? Podríamos ir de compras después de que hayas ido a esquiar.

–¿De compras? –preguntó Aziza con ilusión.

–Todas las novias necesitan ropa para la boda.

–¿Cuánto puedo comprar?

–Lo que quieras.

Aziza se levantó muy despacio y con los ojos como platos.

–¿Cinco bolsos nuevos? ¿Un guardarropa entero? ¿Vestidos de fiesta? ¿Joyas?

–Lo que quieras –repitió él

–¡Gracias, Sharif! ¡Eres un hermano maravilloso!

Entonces, Irene fue quien frunció el ceño y Sharif quien sonrió para indicarle que no iba a ganar tan fácilmente, que él llevaba toda la vida metido en política.

–Era lo que necesitaba –siguió su hermana secándose los ojos–. Me sentiré mucho mejor.

Sharif le sonrió. Eso era lo que más le gustaba, que se acataran sus órdenes con alegría y agradecimiento. Sin embargo, le pareció que no tenía todo el mérito.

—Dale las gracias a la señorita Taylor —murmuró él—. Fue idea suya.

—No fue exactamente mi...

—Gracias, señorita Taylor —Aziza abrazó a Irene—. ¡Eres mucho más divertida que Gilly! ¡Espera a que Alexandra vea todo lo que voy a comprar hoy! ¡Será el doble que todas las fotos que ha colgado! ¡He ganado! ¡He ganado!

Irene se levantó y Sharif tuvo que contener una sonrisa cuando vio su expresión sombría.

—Le diré al chófer que traiga el coche. Los guardaespaldas han llegado hace diez minutos.

—Claro, cómo no —comentó Irene.

Veinte minutos después, los cuatro, más el chófer y un guardaespaldas, estaban en una limusina gris que se dirigía al centro comercial con un todoterreno delante y otro detrás. Él notó que Irene lo miraba de soslayo, pero le dio igual. También había ganado, como su hermana.

Aziza estaba encauzada hacia un matrimonio que aumentaría la estabilidad y el prestigio de su país y, además, esperaba que su marido la estabilizara a ella. El sultán de Zaharqin era mayor, efectivamente, pero también era equilibrado y respetable. Algo que duraría y que, con el tiempo, mientras formaban una familia, haría que los dos se respetaran e, incluso, se tuvieran afecto. Él valoraba la tranquilidad y la estabilidad para su país y para su vida. Miró a Irene, quien estaba sentada enfrente de él, y deseó poder decir que se sentía tranquilo. La batalla subterránea entre los dos había hecho que le bullera la sangre y tenía todos los sentidos aguzados. Le miró las ridículas chanclas de plástico, el vestido de algodón que se le ceñía a las curvas del cuerpo y la chaqueta vaquera que le cubría los brazos doblados a pesar del aire acondicionado. Vio su gesto de enojo y la cálida blancura de su piel. Estaba mirando por la ventanilla y se mordía el labio inferior. Evidentemente, estaba haciendo un esfuerzo para no decir lo que quería decir, pero su lenguaje corporal lo expresaba con mucha claridad. Había perdido la batalla y no le gustaba.

No podía dejar de mirar esos sensuales labios carnosos que lo habían besado inesperadamente cuando entró en su dormitorio para despertarla. Sus preciosos ojos habían parpadeado, ella había sonreído y murmurado algo que no pudo oír y lo estrechó contra sí en la cama. Se le aceleró el corazón al recordarlo.

Menuda mujer. Si hubiese podido elegir, habría elegido una mujer así para que fuese su reina, una mujer dulce y con temperamento, sexy, idealista y orgullosa. La respetaba. Aunque era un dolor de cabeza, admiraba cómo había peleado por su hermana. La protegió incluso antes de conocerla. No le daba miedo luchar por aquello en lo que creía. Entonces, se preguntó qué le parecería tener que luchar con ella todos los días, que discutiera acaloradamente con él durante el desayuno, que sus ojos soltaran destellos de fuego. Luego, se acostaría todas las noches con ella y ese fuego explotaría. No sería tranquilo o estable siempre, aunque sí lo sería porque lo que hubiera entre ellos, lo bueno y lo malo, sería auténtico... «¿Auténtico?». Se rio de sí mismo. Estaba empezando a hablar como Irene, como un romántico. ¿Auténtico? La promesa que hizo cuando tenía quince años, la promesa de casarse con la hija del visir sí era auténtica. Tenía que proteger a su pueblo y a su país, eso también era auténtico. Anunciaría su compromiso con Kalila en cuanto Aziza se hubiese casado, Kalila sería la reina y le daría el heredero que necesitaba.

Eso era lo más auténtico de todo y le repelía. Kalila era astuta y no tenía escrúpulos. Acostarse con ella sería como acostarse con una serpiente. Mientras que la mujer que estaba sentada a su lado... Irene hacía que le hirviera la sangre. Era apasionada y vital. Ponía todo el corazón en lo que creía aunque eso hiciera que fuese vulnerable o que se arriesgara a parecer absurda. Lo atraía de una forma que no podía explicarse a sí mismo, cuanto más la conocía más hermosa le parecía. Incluso en ese momento, cuando estaba rabiosa, resplandecía por dentro. La deseaba más que nunca. Quizá se hubiese precipitado al decidir que no iba a seducirla.

Se puso recto y le gustó la idea. Efectivamente, tenía la norma de no acostarse con sus empleadas, pero su postura sobre ese asunto estaba cambiando muy deprisa. Tenía el cuerpo tan tenso por el deseo y la cabeza tan llena de pensamientos que era preferible que no estuviera en el palacio tomando decisiones de estado. No podría decidir nada racional.

Si eso le pasaba a él, que tenía experiencia sexual, ¿cuánto más complicado no sería para Irene que no la tenía? Los dientes que mordían el labio y los brazos cruzados sobre sus abundantes pechos le indicaban que sentía la misma tensión. Quería permanecer virgen hasta que se casara, de acuerdo, pero ¿cómo iba a elegir al marido adecuado si estaba medio trastornada por la lujuria? Él podría evitar que cometiera un error por tener la mente nublada por la lujuria. Podía seducirla por el bien de ella, y de sí mismo. Porque la deseaba demasiado aunque estuviese enfadada, aunque dijera lo que pensaba, aunque lo desquiciara con sus ideas disparatadas. Si la seducía, si ella le entregaba su virginidad voluntariamente, los dos podrían librarse de esa obsesión y seguir adelante con sus vidas.

Sin embargo, estuvo a punto de gruñir por la mera

idea de que otro hombre la tocara. Quería ser su hombre, saciarse con ella, saciarla, paladear y acariciar cada rincón de su cuerpo hasta que jadeara y gritara de placer y lo abrazara como si no fuese a soltarlo jamás...

–¡Hemos llegado! –exclamó Aziza sacándolo del ensimismamiento.

–¿Prefieres esquiar primero o ir de compras? –le preguntó él a su hermana.

–Esquiar. Luego comeremos en el restaurante suizo que da sobre la pista de esquí y...

–¿Tan grande es el centro comercial? –preguntó Irene sin poder creérselo.

–Todo el mundo sabe que Dubái tiene los centros comerciales más grandes del mundo.

–Todo el mundo –repitió Irene con un hilo de voz.

–Luego, cuando vayamos de compras, tus guardaespaldas pueden llevar las bolsas. Pienso comprar muchas cosas, muchísimas –le advirtió Aziza a su hermano.

–Y yo no pienso quejarme.

–Es el mejor día de mi vida.

La joven suspiró y él miró a Basimah, quien, por primera vez, parecía que le sonreía. ¿Era posible que ir de compras significara tanto? Un guardaespaldas abrió la puerta de la limusina y Aziza y la anciana se bajaron entre expresiones de alegría. Irene no se movió y siguió mirándolo con el ceño fruncido.

–¿Lleva de compras a una jovencita para que deje de pensar en una decisión trascendental? ¿No es como pescar en una pecera?

–Todos tenemos distintas maneras para dejar de pensar en lo que no podemos cambiar.

–Pero ella podría...

–Si fue lo bastante madura para aceptar la petición, es lo bastante madura para asumirlo.

Irene fue a bajarse, pero se detuvo un segundo y le dirigió una mirada fulminante.

–Espero que esté contento.

Él captó el sensual olor a vainilla de su pelo. Todavía no estaba contento del todo, pero...

Irene flotaba de espaldas en el mar y miraba el cielo tachonado de estrellas. Llevaba tres días en Dubái y creía que lo había visto todo. Como no había riesgo de escándalo porque ya tenían la versión de que habían ido a comprar el ajuar de la novia en vez de que la novia se hubiese fugado, Sharif no hacía nada para ocultar que estaban allí. El día anterior, por ejemplo, tomaron un helicóptero privado y fueron a Abu Dabi para almorzar en el British Club con una amiga de Aziza del internado y con la familia de esa amiga.

Nada de paisajes. Habían pasado los tres días de compras. Le gustó al principio y se alegró de salir de la pista de esquí cubierta, donde no paraba de caerse en la nieve artificial ante la mirada divertida de Sharif. Al menos, prefirió pensar que era divertida, que no era ardiente, que no quería besarla desenfrenadamente cada vez que le daba la mano para ayudarla a levantarse.

Todavía le abrasaban las mejillas cada vez que se acordaba de cómo lo besó en Makhtar. ¡Malditos sueños!

Cuando fueron a otro centro comercial, intentó centrarse en Aziza para mantener las distancias con Sharif. Al ver que él le compraba tantas cosas a su hermana, se arrepintió de repente de no haber sabido nada de su madre y de su hermana durante un año, aparte de mandarles parte de su sueldo. Compró un juego de té de porcelana para su madre y un bolso de tela con la palabra «*DUBÁI*» para su hermana y pidió que lo mandaran a su casa. Ella se compró una bolsa de chucherías en la tienda de chucherías más grande que había visto y se dio por satisfecha.

Ese día habían ido al mercado del oro, pero le dolieron los pies y no dejó de bostezar mientras Aziza y Basimah rebuscaban entre todas las joyas. Esas dos mujeres eran unas compradoras incansables. Hasta Sharif parecía tener una paciencia infinita. Aconsejaba a su hermana cuando se lo pedía, pero siempre dejaba que ella eligiera. Quizá no fuese un desastre absoluto como hermano mayor, pero sí lo era para ella.

Se estiró en el agua templada para que los dolores y tensiones se disolvieran y para que los problemas desaparecieran flotando en la noche. Era muy raro estar allí. Nunca se había imaginado que ella, Irene Taylor, de Lone Pine, a quien machacaron la tartera el primer día de jardín de infancia y a quien despellejaron con insultos que entonces no entendió, se olvidaría algún día de todas las desdichas en una sofisticada villa llena de personajes de la realeza.

Suspiró de placer. Aziza había subido a sus aposentos para hacer fotos de su botín y mandárselas a sus amigas. Basimah estaba jugando a las cartas con la cocinera y Sharif había desaparecido para hacer unas llamadas telefónicas. Ella se había puesto el recatado bañador negro de una pieza, se había envuelto en una toalla y había salido. Había pensado en bañarse en la inmensa piscina, pero, cuando el sol empezó a ocultarse en el horizonte y el mar se tiñó de naranja y morado, no pudo resistirse. ¿Realmente estaría caliente el agua? Miró alrededor para comprobar si había alguien mirando y solo vio a los guardaespaldas y las verjas en los extremos de la playa privada. Le pareció excesivo para una ciudad tan segura y moderna como Dubái, pero todas las medidas de seguridad de Sharif le parecían excesivas. Sin embargo, pudo entenderlo cuando se acordó de la atroz historia de sus padres, como pudo entender que el amor romántico le pareciera una ilusión o un veneno.

«¿Puede entender lo que es despreciar a alguien con toda tu alma y aun así tener que llamarla tu esposa y tener un hijo con ella?». Se estremecía cada vez que recordaba sus desoladoras palabras. Casarse con alguien a quien se odiaba tanto y compartir con ella el hogar y los hijos destruiría todo lo que era Sharif, todo lo vital y resplandeciente que había bajo ese autoritarismo arrogante. El matrimonio lo corroería como un ácido.

Sintió una opresión en el pecho. Mantendría el honor y la estabilidad de su país, pero ¿a qué precio? Quizá lo hablara con él y lo convenciera de... No. Era una mala idea. Tenía que intentar evitar las conversaciones íntimas. No quería sentir nada más por él, no podía ver los sentimientos bajo su máscara, no podía sentir sus sentimientos, como no podía sentirlo entre sus brazos. El emir de Makhtar no era para ella y nunca lo sería de una manera que ella pudiera aceptar. Volvería a su casa dentro de tres meses, se haría cargo de su familia e iría a la universidad. Quizá se hiciera profesora. No iba a renunciar a la vida que quería por una tentación pasajera, independientemente de lo fuerte que fuese. Cuando amase a un hombre, le entregaría todo, o nada en absoluto...

Siguió mirando las estrellas mecida por las olas. Allí, flotando en el agua, estaba sola con la luna y el cielo aterciopelado. Cerró los ojos y sintió la caricia del mar. Entonces, sintió las manos de un hombre debajo de ella, abrió los ojos como impulsados por un resorte y vio el contorno de la cabeza de Sharif a la luz de la luna. Atónita, se incorporó y lo miró.

–Sharif –dijo en voz baja–. ¿Puede saberse...? Quiero decir, buenas noches, Alteza.

–Estamos solos –replicó él abrasándola con la mirada–. No hace falta que seas protocolaria.

–Entonces –ella entrecerró los ojos–, te diré lo que he pensado durante estos tres días. ¿Puede saberse qué estás haciendo? Estás distrayendo a Aziza con montones de regalos baratos para que pueda impresionar a sus frívolas amigas...

–Te aseguro que no han sido baratos.

–¡Estamos hablando de su vida! –exclamó ella con lágrimas en los ojos–. Es demasiado joven para darse cuenta de la decisión que está tomando.

Estaba delante de ella con el musculoso pecho desnudo y bronceado y las olas los acariciaban suavemente en la oscuridad.

–Maduramos por las decisiones que tomamos, por las responsabilidades que asumimos, o no asumimos. Tú ya lo sabes. ¿Cuántos años tenías cuando empezaste a hacerte responsable de tu familia? ¿Fue decisión tuya o hiciste lo que tenías que hacer?

Ella sintió la arena debajo de los pies, el agua le llegaba hasta el pecho, hasta las costillas de él, y una ola un poco fuerte los juntaría.

–No estamos hablando de mí.

–Ahora sí.

–No lo entiendes. Si se casa sin amor, nunca será feliz, jamás.

–¿Crees que tú sí lo serás? –él se acercó un paso con los ojos brillantes–. Estás dispuesta a mantener la pureza hasta el matrimonio por encima de todo, pero ¿cómo podrás distinguir entre amor y lujuria, Irene, si no has conocido ninguna de las dos cosas? ¿Qué te impedirá hipotecar tu vida con el primer hombre que haga que te vibre el cuerpo?

Cada centímetro del cuerpo le vibraba en ese momento y notaba las olas que le acariciaban la acalorada piel mientras miraba su hermoso rostro enojado. Se pasó la lengua por los labios.

–Yo... Yo lo sabré...

–No lo sabrás. Esa es la cuestión –añadió él más enfadado todavía–. Tienes que aprender la diferencia, entenderla, para que no comprometas tu alma y tu porvenir por un hombre que nunca se lo merecerá.

Ella notó que le miraba los labios, se estremeció y su boca anheló su beso. Sin embargo, retrocedió en el agua cuando él empezó a acercarse.

–Háblame de ella.

–¿De quién?

–De tu prometida. ¿Cómo se llama?

Su rostro se quedó inexpresivo como una roca.

–No quiero hablar de ella.

–Pero yo sí.

–¿Qué quieres saber, Irene? Es una serpiente venenosa que se divierte con más amantes que gotas hay en el mar.

–Ya sé que hay un criterio distinto sobre eso, pero ¿has pensado en tu lista?

–No se trata de sus amantes. Se trata de cómo disfruta alardeando de ellos ante mí. Me odia más de lo que yo la odio a ella. Tiene un corazón... despiadado.

Irene sintió que se le desgarraba el corazón al pensar que una mujer así sería la esposa de Sharif, que viviría y dormiría con él.

–¿Y esa es la mujer que quieres que sea la reina de tu país y la madre de tus hijos?

–Déjalo.

–¿Y tú crees que podría elegir mal a mi marido por la lujuria? ¡Mira tu elección por el orgullo!

Por un instante, temió haberse pasado de la raya, pero él miró hacia otro lado.

–No es orgullo –replicó en voz baja–. Soy el emir. No puedo permitirme el lujo de incumplir mi palabra ni de ofender a la poderosa familia de Kalila. No puedo arriesgarme a que Makhtar vuelva a sumirse en el caos de una guerra. No sabes qué fue eso –la miró con las mandíbulas apretadas–. Moriría antes.

Irene miró sus hombros tensos. Había conocido a muy poca gente dispuesta a sacrificar su felicidad por unos desconocidos. Se acercó dos pasos, se detuvo y miró la silueta de su cuerpo sobre el mar plateado.

–Sharif –se pasó la lengua por los labios–. Tengo que decirte una cosa. Yo...

Pareció como si él se preparase para algo y ella resopló.

–Lo siento –susurró ella–. Había creído que eras un playboy egoísta, pero eres... noble.

–¿Noble? No. Solo...

–¿Qué?

–Solo hago mi trabajo.

Ella sintió un arrebato de admiración, y de anhelo. Intentó dejarlo a un lado. No podía sentir deseo, atracción o... enamoramiento.

–Siempre supe que llegaría a ser emir, desde que nací, pero tú eres libre y deberías disfrutarlo.

¿Libre? Nunca se lo había planteado así, pero, en cierto sentido, era verdad. Sharif, un emir multimillonario, era un prisionero de su pueblo, el sirviente esclavo de su país. Sin embargo, ella, que nunca había tenido nada, que tenía que luchar para sobrevivir, siempre había tenido algo que él no había tenido. Siempre había sabido que elegiría lo que haría con su vida.

–¿Qué quieres, Irene? –le preguntó Sharif con delicadeza–. ¿Qué quieres para el porvenir?

–Quiero ayudar a mi madre para que se rehabilite. Quiero poder pagarle la universidad a mi hermana si ella quiere. Quiero lo que siempre he querido, ocuparme de mi familia.

–Entonces, no somos tan distintos. Tú te has sacrificado por las personas a las que quieres. Tú y yo... –Sharif le tomó la cara entre las manos–. Tú y yo somos parecidos.

Ella lo miró y tomó aliento. Por un momento, se quedaron mirándose a los ojos. Hasta que él bajó la mirada por su bañador negro. Las gotas de agua resplandecían en su musculoso pecho desnudo. Le acarició una mejilla, introdujo los dedos entre su melena y le inclinó la cabeza hacia atrás. Bajó la cabeza muy lentamente y la besó. Fue un beso distinto a los demás. Fue un beso profundo y pausado. Notó sus labios sedosos y poderosos, sus lenguas se buscaron, se encontraron y se entrelazaron, como sus almas. Sus pieles casi desnudas se abrazaron al ritmo cadencioso de las olas. Lo deseaba y él la deseaba a ella. Todo lo que había dicho sobre la lujuria era verdad. En ese momento, lo deseaba entero y para siempre, creía que nunca tendría suficiente. No solo deseaba su cuerpo, también deseaba su corazón.

Se apartó bruscamente.

–Prometiste no besarme –le reprochó con la voz ronca.

–Nunca lo prometí. Me lo pediste y lo incumpliste al besarme –él intentó decirlo con despreocupación, pero ella captó el tono ronco–. Todavía me acuerdo de que me pusiste encima de ti, en tu cama.

–Ya te expliqué que...

–Sí –la interrumpió él con una sonrisa sensual–. Que estabas soñando conmigo.

–Nunca dije...

–Pensé que siempre ibas a decirme la verdad –volvió a interrumpirla él pasándole un dedo por una clavícula.

Ella se estremeció e intentó tomar aliento.

–De acuerdo –reconoció en voz baja–. Estaba soñando que me besabas y de repente apareciste allí. Fue la primera vez que un sueño se me hacía realidad.

Sharif abrió mucho los ojos como si no hubiese esperado que ella lo reconociera.

–Daría cualquier cosa por hacer algo más que besarte. Si renunciaras a la idea...

–¿De ser virgen hasta que me case? –ella respiró hondo e intentó sonreír–. No se trata solo de mi cuerpo. Se trata de tener el mismo compromiso. En realidad, prefiero que él también sea virgen.

La cara de pasmo de Sharif fue casi cómica.

–Lo dices en broma, ¿verdad?

–Tengo mis criterios –contestó ella encogiéndose de hombros.

–Imposibles de cumplir. No esperaría que mi esposa fuese virgen ni como emir, ni aunque pudiera elegir.

–Tampoco esperas amarla. Evidentemente, tenemos ideas distintas sobre el matrimonio.

–Evidentemente –repitió él en tono irritado–. Yo creo en la realidad.

–Yo creo en los sueños –Irene desvió la mirada–. Hay un hombre en algún sitio del mundo que me amará el resto de mi vida.

–¿Y si no aparece nunca?

–Aparecerá –susurró ella–. Tengo que creerlo.

–¿Y si te equivocas? –insistió él mirándola.

Irene se estremeció otra vez al captar la calidez de su cuerpo casi desnudo y lo miró a los ojos.

–Entonces, me entristecerá pensar que no me acosté contigo cuando pude –contestó ella intentando sonreír.

–Entonces, ¿no puedo conseguir que cambies de idea?

–¿Puedo cambiar yo la tuya?

Él negó con la cabeza y los dos resoplaron. Él le tomó una mano, la llevó a la arena y se detuvo.

–¿Un bañador de una pieza? –preguntó él con una mueca–. Qué atrevida...

–Sabes que me gusta la ropa recatada.

–Es evidente. Creo que hasta Basimah tiene un bikini. Entonces, eres una chica anticuada –susurró él acercándose.

Ella lo miró con el corazón acelerado preguntándose si la besaría, si podría resistirse. Sin embargo, empezó a andar y la llevó por la escalinata curva que conducía a la villa. Se sentía como si tuviera un calor de un millón de grados. A pesar de lo que había dicho, se sentía como si ya no tuviera el pleno dominio de sí misma. La parte racional de su cerebro le gritaba que hiciera algo, pero el sonido quedaba sofocado por los latidos de su corazón. Respiró cuando le soltó la mano para recoger las toallas que habían dejado en unas tumbonas. Le entregó su toalla, ella la tomó sin decir nada y sin poder dejar de mirarlo mientras se secaba cada centímetro de su cuerpo granítico y medio desnudo.

–Entonces, ¿qué somos? ¿Amigos?

Ella estuvo a punto de dar un respingo y se acordó de que también debería secarse.

–Sí, amigos –contestó precipitadamente mientras se secaba.

–Interesante –sus ojos dejaron escapar un destello muy raro–. Nunca he intentado ser amigo de una mujer.

–¿No?

–No. Y menos de una que está volviéndome loco.

–No he dicho nada sobre la boda de tu hermana desde hace...

–No me refería a eso.

–Ah... –ella se mordió el labio inferior–. ¿No puedes dejar eso a un lado? ¿No podemos ser amigos? Necesito el empleo y no puedo estar pendiente de que, en un momento de debilidad...

–No voy a impedir que esperes a tu marido, sea quien sea –la interrumpió él con delicadeza–. Sin embargo, me pregunto si harías algo por mí.

–¿Qué?

Sharif apretó los dientes, miró hacia otro lado y tardó un rato en contestar.

–Me pregunto si... después de que Aziza se haya casado, cuando tu empleo haya terminado... si te quedarías unos días más. Solo hasta que haya anunciado mi compromiso. Solo hasta... –él hizo una pausa y la miró–. ¿Te quedarías conmigo como una amiga, no como una empleada ni por dinero, hasta que todo haya terminado?

Ella captó cierta desesperanza bajo su voz grave y áspera. Estaba pidiéndole a una amiga que se quedara a su lado hasta que se viera obligado a renunciar por escrito a su vida. Entonces, se dio cuenta de que ser emir, el gobernante de todos, tenía que ser algo muy solitario a pesar de los sirvientes, los palacios y la riqueza. Estaba rodeado de personas que esperaban que fuese fuerte. Tenía que parecer poderoso en todo momento. ¿Quién iba a poder ver vulnerabilidad, arrepentimiento o debilidad? ¿Quién iba a protegerlo? Nadie.

Le gustaría ser ella quien pasara la vida a su lado. Eran muy distintos, pero quizá hubiesen sido felices. Se le formó un nudo en la garganta. Solo podía hacer una cosa.

–Sí, Sharif –contestó ella tendiéndole la mano–. Me quedaré hasta el final.

Capítulo 8

SHARIF miró por la ventana de su despacho y vio a Irene y su hermana que paseaban por el jardín. Irene levantó la mirada, como si hubiera notado que la miraba, y lo saludó con la mano, pero se dio la vuelta rápidamente y desaparecieron por el jardín. Él bajó la mano. ¿Lo sabía? ¿Lo había adivinado? Apretó los dientes. Cada vez que la veía, le costaba más disimularlo y no sabía hasta cuándo podría ocultárselo. Ella llevaba tres meses en el palacio, había dormido en el dormitorio que había enfrente del de él, había hablado con ella, se había reído con ella, había visto que los empleados del palacio habían llegado a respetarla y a apreciarla. Habían sido tres meses de tortura, tres meses en los que había deseado que ella fuese su reina, su esposa. Sentía una corriente eléctrica por todo el cuerpo cada vez que se acordaba de cuando se besaron en el mar la última noche que estuvieron en Dubái. La quería entre sus brazos, en su cama.

Era un triste consuelo que nadie supiera lo que sentía. Le gustaría no saberlo ni él mismo porque ya no podía fingir que solo era lujuria. La respetaba demasiado, pero tampoco era mera amistad. La verdad fue como un puñetazo en la mandíbula cuando la semana anterior ella, de repente, se rio por algo que había dicho él y él sintió que algo le explotaba en el pecho. Estaba enamorado.

El amor no era un mito ni una ilusión. Lo llenaba de

luz y lo maravillaba como no lo había hecho nada y no podía pensar en nada más. Supo en ese momento que haría cualquier cosa por la felicidad de Irene, que mataría y moriría por ella.

Debería estar leyendo unos áridos documentos legales para preparar una conversación telefónica con el sultán de Zaharqin sobre una empresa petrolífera conjunta que se financiaría con fondos privados y públicos de los dos países. Sin embargo, se había acercado a la ventana con la esperanza de ver a Irene paseando por el jardín. Efectivamente, la había visto, había desaparecido, le flaqueaban las rodillas y sentía que algo le había atravesado el corazón como una daga. Estaba enamorado de Irene y nunca podría conseguirla. Ni casándose con ella ni sin casarse con ella. Nunca podría conseguirla. Su hermana estaría casada dentro de una semana. Solo tenía que mantenerse alejado de Irene durante esa semana y acabaría con la tortura. No se quedaría ni un día más aunque casi se lo hubiese rogado. La devolvería a su país en cuanto se hubiese celebrado la boda y él volvería a sentirse como antes, entumecido.

—Alteza, la señorita Taylor quiere verle.

Se dio la vuelta y vio a Hassan en la puerta.

—Que pase.

Se recriminó a sí mismo su falta de fuerza de voluntad. Hassan inclinó la cabeza y fue a darse la vuelta, pero se detuvo.

—Alteza... ¿le parecería inadecuado que le pidiera a la señorita Taylor que me acompañe a la fiesta de la boda de su hermana?

—Se lo prohíbo.

Él lo dijo tajantemente antes de darse cuenta de lo que estaba diciendo y Hassan abrió mucho los ojos.

—Entiendo. Hay algún motivo...

Sharif intentó mantener la frialdad, pero una furia

visceral se adueñó de él y lo miró con unos ojos que habrían intimidado a cualquier hombre.

—Ah... —Hassan parpadeó—. Ella...

—No —Sharif lo interrumpió—. Ella no lo sabe ni lo sabrá. Cuando mi hermana se haya casado, la señorita Taylor volverá a su país y el asunto quedará zanjado.

—Entiendo. El personal la aprecia, señor. Ella quiere a este país aunque no haya nacido aquí. Creo que su pueblo la serviría con placer si decidiera que...

—La semana que viene anunciaré mi compromiso con Kalila Al-Bahar.

—Ah.

Hassan lo miró fijamente y no hizo falta que dijera lo que sentía el personal del palacio respecto a Kalila. Sharif ya lo sabía después de que hubiera hecho dos desastrosas visitas.

—Nadie puede saber lo que siento hacia la señorita Taylor, y menos, ella. Bastante grave es que lo sepa yo.

—Lo siento —Hassan vaciló—. Aun así, ¿le digo que pase?

—No hace falta —replicó él con una sonrisa—. Se le nota demasiado. Salga por la otra puerta.

Sharif tomó aliento cuando se quedó solo, pero le temblaban las manos y tardó un momento en borrar cualquier expresión del rostro. Abrió la puerta. Estaba muy hermosa. Llevaba un sencillo vestido rosa, se había recogido el pelo en un moño alto y se había pintado los labios de rojo. Hasta las nuevas gafas de montura oscura hacían que le pareciera, en su estado de demencia, una bibliotecaria sexy.

—Llevas gafas —fue todo lo que pudo decir como saludo.

—Sí —reconoció ella en tono sombrío—. Esta mañana perdí una lentilla. He pedido otro par, pero no las recibirán hasta última hora del día.

–¿A qué debo el placer?

–Tienes que cancelar la boda –contestó ella con una expresión más inflexible.

¿Cómo sabía ella cuánto lo deseaba? ¿Cómo lo había adivinado?

–No puedo –replicó él en tono áspero–. Es una promesa muy antigua...

–No tanto. Aziza me ha dicho que solo son seis meses.

Entonces, él se dio cuenta de que estaba hablando de la boda de su hermana. Había estado a punto de decir algo que lo habría delatado. Intentó aclararse las ideas.

–¿Aziza ha querido que hables conmigo? ¿Por eso desapareciste cuando me viste en la ventana?

–Me lo ha rogado –Irene se sonrojó–. Ella creía que... me escucharías.

Sharif resopló. Su hermana no era tonta, aunque le gustara fingirlo algunas veces. Si ella ya sabía la influencia que tenía Irene sobre él, ¿cuánto tardaría todo el mundo en saberlo, incluida Irene?

–Ya hemos hablado de eso.

–Se ha dado cuenta de que todos los regalos que le compraste en Dubái no valen nada en comparación con tirar su vida por la borda. Debería estar en la universidad, Sharif. Es inteligente, debería tener la oportunidad de...

–La boda es dentro de una semana. Ya es demasiado tarde. Si no quieres nada más...

–Tengo que marcharme en cualquier caso –ella suspiró–. Si no, llegaré tarde a...

Ella se calló y se mordió el labio inferior. Él cruzó los brazos y la miró con el ceño fruncido.

–¿Adónde llegarás tarde?

–Nada, da igual –contestó ella sonrojándose.

Estaba ocultándole algo y él vio el rostro ávido de Hassan.

–¿Adónde vas?

–No creo que importe...

–Es mi reino y eres la señorita de compañía de mi hermana –él sabía que estaba portándose como un bárbaro, pero no podía evitarlo–. Tengo todo el derecho a saber...

–De acuerdo –le interrumpió Irene con fastidio–. No hace falta que te pongas de emir conmigo. Si quieres saberlo... –se sonrojó todavía más– he quedado en ir a los baños.

–¿A los baños? –repitió él casi atragantándose.

Involuntariamente, la vio desnuda en una nube de vapor mientras se echaba agua por el cuerpo.

–No he oído hablar de otra cosa desde que llegué –ella suspiró y puso los ojos en blanco–. Al parecer, es como pasar un día en el spa, recibir un masaje y hacerte una limpieza de cutis todo a la vez. Le prometí a Aziza que iría y, como voy a marcharme la semana que viene, estoy quedándome sin tiempo.

Las últimas palabras quedaron en el aire y se hizo un silencio lleno de cosas que nadie diría.

–Bueno, tengo que marcharme –siguió ella intentando sonreír–. Aunque me avergüenza tener que desnudarme delante de desconocidas.

Él sintió una oleada abrasadora y deseó ser la empleada de los baños que acariciaría su cuerpo desnudo. Deseó tener la libertad de hacer el amor con ella. No, deseó tener la libertad de amarla.

Irene fue hasta la puerta, pero se dio la vuelta para mirarlo con los ojos implorantes.

–Sharif, dale a Aziza la libertad que no puedes tener tú. Libérala.

Él se estremeció al ver el destello de esos ojos marrones.

–Lo pensaré –dijo él casi sin darse cuenta.

–¿Qué? –preguntó ella parpadeando.

Ella tenía que marcharse antes de que él perdiera el poco dominio de sí mismo que le quedaba e hiciera algo que arruinaría la vida a alguien, probablemente, a muchos.

–Vete –contestó él con aspereza.

Ella lo miró con los ojos entrecerrados, tragó saliva y retrocedió. Entonces, supo lo que había visto en su rostro. Había visto la verdad, que le costaba no reclamarla para sí, contra su honor y sin importarle las consecuencias.

–Me iré.

Una vez solo, volvió a la ventana y apoyó la frente en el cristal. «Dale a Aziza la libertad que no puedes tener tú». Cerró los ojos y se acordó de la primera vez que vio a su hermana. Era diminuta y la sujetó entre sus brazos de adolescente mientras ella lloraba. Era una huérfana triste y él se juró que siempre la querría y la cuidaría. «Tú has vivido tu vida durante los últimos diecinueve años, Sharif. ¿Cuándo me tocará vivir?». Oyó la voz llorosa de su hermana y abrió los ojos. No podía hacerlo. Ya estaba sacrificando su corazón y no podía permitir que su hermana hiciera lo mismo. Ella cometió un error al aceptar el compromiso, pero él no podía permitir que un error momentáneo se convirtiera en permanente, no iba a permitirlo. La protegería, como había hecho siempre.

Fue a la mesa, descolgó el teléfono y marcó el número privado del sultán de Zaharqin. Fue cordial, incluso simpático, cuando descolgó, pero, cuando se dio cuenta de que no lo llamaba para comentar la posible empresa petrolífera conjunta, sino para cancelar la boda unos días antes de la ceremonia, la voz del sultán se tornó gélida.

–¿Te das cuenta de que habrá quien considere que esta afrenta es un acto de guerra?

Él recordó fugazmente el palacio reducido a cenizas,

Makhtar City envuelta en humo, los niños hambrientos que lloraban... No. Él había cambiado y el país había cambiado. Ya no tenía quince años y era el emir.

–Makhtar siempre ha sido el mejor amigo y aliado de Zaharqin y seguirá siéndolo –contestó Sharif intentando mantener la voz serena–. Yo soy tu amigo y aliado, pero el corazón de las jóvenes es voluble. Es lamentable, pero inevitable. ¿Te acuerdas de cuando tenías esa edad?

–Sí –contestó el sultán sin disimular la tensión–. Ya me había casado con mi primera esposa.

–Cuando tú y yo éramos jóvenes, el mundo era distinto –replicó Sharif como si tuvieran la misma edad.

–Tienes razón. Los jóvenes de hoy en día no saben lo que es el deber. Mi propios hijos...

El sultán no terminó la frase y Sharif captó la debilidad.

–Efectivamente, pero lo que no cambia es la amistad entre los países y sus gobernantes, ni los beneficios de las buenas empresas. Sería una lástima que los planes de nuestra empresa conjunta se desbarataran por un pequeño asunto personal.

–¿De verdad esperas que me asocie contigo después de este insulto? Debería llamar a mis generales para que entren en tu ciudad con los tanques.

–Puedes hacerlo, naturalmente. Tus generales te advertirán sobre nuestro ejército moderno y bien adiestrado y sobre nuestro avanzado sistema de defensas. Sin embargo, puedes intentarlo y sería un desastre. Sería espantoso que nuestros amigos y servidores más leales murieran porque una joven de diecinueve años ha decidido que es demasiado joven para casarse y ser madre.

–Se burlarán de mí, dirán que la novia me ha dejado en el altar, me llamarán viejo. ¡A mí, que estoy en la flor de la vida! Nada puede compensar la pérdida del honor.

–Nadie se burlará cuando se enteren de que mi hermana no te ha dejado por otro hombre, sino para estudiar ciencia y literatura en la universidad. Tu pueblo dirá que te has librado de una esposa que descuidaría sus obligaciones reales por sus intereses académicos –Sharif hizo una pausa–. Sobre todo, dirán que me has esquilmado con el contrato sobre la empresa conjunta.

–¿Contrato? –el sultán se aclaró la garganta–. ¿Qué contrato?

–El contrato por el que yo correré el riesgo financiero, pagaré miles de millones de dólares para ponerla en marcha y tú te llevarás el beneficio.

La furia se desvaneció por la codicia y al pensar en que él sería quien había machacado a su buen amigo el gran emir de Makhtar con un contrato empresarial. Hablaron un rato, esbozaron el comunicado de prensa, y el sultán acabó riéndose.

–Ni mis hijos me han costado tanto a mí –comentó el sultán con júbilo–. Por favor, saluda a tu hermana de mi parte y dale las gracias desde lo más profundo de mi corazón.

Sharif colgó, gruñó y se tomó la cabeza entre las manos. Iba a costarle mucho más que una tarde de compras o un collar de diamantes. Iba a dolerle y lo sacaría de su fortuna personal. Su patrimonio tardaría veinte años en recuperarse, si se recuperaba alguna vez. Sin embargo, podría vivir con eso. No podría vivir si Aziza era infeliz y estaba atrapada en un matrimonio de conveniencia cuando se había jurado protegerla.

Sin embargo, si no hubiese intervenido Irene... Tenía que ver inmediatamente a Irene. Tenía que ser la primera en saberlo. Salió al pasillo casi corriendo, pero su dormitorio estaba vacío. Entonces, se acordó de los baños. Fue a una velocidad casi bochornosa hasta el extremo opuesto del palacio. Las sirvientas lo miraron atónitas, pero ninguna se atrevió a impedir que el emir entrara en los baños del ala de las mujeres.

Se detuvo. Sus ojos tardaron un momento en adaptarse. Nunca había estado allí. La enorme habitación hexagonal estaba llena de sombras. Había una piscina en el centro, donde se reflejaba la luz de las velas que había en lámparas de latón, y unas alcobas oscuras la rodeaban. Solo había una mujer que disfrutaba de los placeres del vapor y los masajes. Se fijó en ella y se quedó sin aliento.

Irene estaba tumbada boca abajo en una losa de mármol. Tenía los ojos cerrados y una mujer anciana le frotaba el cuerpo. Solo la tapaba una toalla, pero se cayó al suelo mientras él la miraba. Casi se le doblaron las rodillas y se olvidó de por qué había ido allí, o quizá, por primera vez, lo supo de verdad.

La mujer lo miró con los ojos como platos. Él se llevó un dedo a los labios y le hizo un gesto para que se marchara. Vaciló, pero era el emir y él, por primera vez en su vida, utilizó todo su poder con un objetivo egoísta. La mujer se marchó y él empezó a masajear la piel sonrosada y acalorada de su cuerpo desnudo.

Aziza le había avisado de que el baño turco era de vapor, que era algo a medio camino entre el cielo y el infierno, pero que le gustaría. Ya había pasado una hora sudando en una alcoba oscura y llena de vapor. Periódicamente, la mujer le había vaciado cubos de un agua jabonosa sobre el cuerpo desnudo y le había frotado todo el cuerpo con una manopla muy áspera, hasta que le pareció que tenía la piel resplandeciente y un poco en carne viva.

Lo peor era que no podía ver nada, salvo sombras y luces muy vagas. Se había quitado las gafas y las había dejado con la ropa en el vestuario. Sin ellas estaba desorientada e impotente, pero quizá fuese lo mejor. Desnudarse completamente delante de una desconocida, aunque fuese tan profesional como esa empleada, era una experiencia totalmente nueva. Sin gafas, no sabía si la empleada estaba juzgando su cuerpo. Ni siquiera sabía cómo era la cara de la empleada. La única luz llegaba de los pequeños agujeros que había en la bóveda y que parecían estrellas. Efectivamente, entre el cielo y el infierno, como había sido su vida durante los tres últimos meses. Había visto a Sharif todos los días, se había sentado con él a la mesa del comedor, había visto su atractivo rostro y había oído su voz. Habían hablado de todo un poco en público, pero, cuando estaban solos, se habían provocado y se habían reído. Sharif la conocía como no la había conocido nadie, aunque no la había besado desde aquella noche en Dubái.

Después de que hubiese empezado a aprender árabe con una profesora de Makhtar, él le había pedido que actuase de anfitriona y que atendiera a embajadores y jefes de estado. Se había vestido con ropa de diseñadores y había entrado en el salón de baile de su brazo. Hubo un tiempo en el que era tímida y le daban miedo los desconocidos, pero en ese momento, al lado de él, estaba dispuesta a agradar a sus amigos y a sus enemigos por igual, y todo por él. Quería que estuviese orgulloso, que le sonriera desde un extremo del salón de baile y que luego, cuando se quedaban solos, se dirigiera a ella con su voz sensual y profunda.

–Gracias, señorita Taylor. Es usted una joya que no tiene precio. Makhtar le agradece sus servicios.

–Lo sé –replicaba ella en tono burlón–. Tiene mucha suerte de contar conmigo, todos los demás emires no dejan de llamar.

Él se reía, hasta que empezaba a decir algo y no lo terminaba. Ella se daba la vuelta sin preguntarle qué era lo que no podía decir porque ya lo sabía. El cielo había dejado paso al infierno. Era atroz tener a Sharif tan cerca y no poder tocarlo ni decirle lo que sentía en el corazón. ¿Cómo iba a soportar quedarse otro día? ¿Cómo iba a soportar marcharse?

Al cabo de una semana, quisiera o no, tendría que marcharse de Makhtar para siempre. Aziza se habría casado con un hombre tres veces mayor que ella y Sharif convertiría en reina a una mujer que despreciaba. Nadie se casaría por amor, todos arruinarían sus vidas, y ella, también.

–¡Deje de pensar! –había bramado la empleada de los baños en inglés–. Demasiado tensa.

–Sí –había reconocido ella.

La mujer la levantó, la aclaró con agua fría y se apartó un poco haciéndole un gesto.

–Lo siento, pero no veo nada –se disculpó Irene por décima vez.

–Venga –le ordenó la mujer agarrándola de la mano–. La llevaré.

La sacó de la alcoba y la dirigió al centro del baño, debajo de la bóveda. La tumbó con delicadeza boca abajo y ella suspiró al notar el mármol frío.

–Cierre los ojos.

Ella obedeció e intentó no pensar ni sentir la desolación creciente dentro de ella. Solo quería relajarse mientras le masajeaban los músculos de la espalda, pero, cuando empezaba a conseguirlo, el masaje terminó. Oyó unos pasos y que la empleada tomaba aliento. Luego, las manos volvieron a frotarle la espalda con más intensidad que antes. Intentó no pensar en Sharif, pero era imposible. Se marcharía al cabo de una semana y no volvería a verlo. No volvería a ver su sonrisa ni el brillo malicioso de sus ojos.

Le bañaron el cuerpo desnudo con agua fría y notó las manos que le recorrían la espalda cada vez más despacio y más profundamente. ¿Por qué no podía olvidarse de Sharif? No podía estar enamorándose de él. Él estaba prometido a otra mujer y ella pensaba cumplir las promesas que se había hecho a sí misma. Le gustaría que hubiese habido otra alternativa, pero no la había y esa mujer ocuparía su puesto en las cenas de los diplomáticos.

La noche anterior, después de haber cenado como una familia, habían dado un paseo y habían estado solos durante dos horas a la luz de la luna. Sin embargo, no se habían reído.

–¿Cómo es la futura esposa del emir? –le había preguntado ella a Basimah esa mañana.

–No me pregunte sobre ella –había contestado la anciana poniéndose roja.

–Pero la conoce. Aziza dijo que su hermana trabajó en su casa como doncella personal.

–Solo diré que el emir va a recibir lo que se merece por obligar a mi corderito a casarse con ese sultán. Si yo pudiera hacer algo por evitar la boda de él, no lo haría.

Ella tuvo que buscar fotos en Internet. La futura reina de Makhtar tenía unos ojos resplandecientes, unos pómulos altos y unos labios rojos y carnosos. Era hermosa, muy delgada y siempre iba vestida elegantemente. Había visto fotos de Kalila esquiando en Gstaad, saliendo de un club en Londres o en una boda real. Encajaría en el mundo de Sharif como ella no lo haría jamás.

La presión en la espalda se hizo más delicada y las yemas de los dedos le recorrieron la espalda de una forma claramente... sensual. Abrió los ojos, miró hacia atrás y vio una mancha oscura. No distinguió la cara, pero tampoco hizo falta.

–¿Qué... haces aquí? –preguntó ella con la voz entrecortada–. ¡No deberías entrar aquí!

–Soy el emir de este país y puedo ir a donde quiera –replicó él en un tono sedoso.

–¡No a los baños de las mujeres!

Ella se sentó y se giró para intentar ocultar su cuerpo, pero era imposible. Quiso taparse con la toalla, pero no la encontró. Estaba desnuda, entre el vapor del baño turco y sola con el hombre que más deseaba, con el hombre que no podía ni debía poseer.

–¿Qué haces aquí? –volvió a preguntar ella cubriéndose los pechos con los brazos.

–Vine a... decirte...

Él no terminó la frase y la estrechó contra sí.

–Irene –susurró contra sus labios.

Ella notaba las manos que la agarraban de los brazos, notaba el calor del vapor y la piel sensible de tanto frotarla. Oyó que él tomaba aliento antes de besarla. No fue un beso nada delicado. Fue abrasador, voraz y exigente. Tomó posesión de su boca sin escrúpulos. Notó los labios de Sharif y algo se rompió dentro de ella después de tres meses de anhelo. Se olvidó de que estaba desnuda, o no le importó, solo lo necesitaba o se moriría. Lo rodeó con los brazos y le devolvió el beso con toda su alma, necesitaba poseerlo también.

Él volvió a tumbarla sobre el mármol, la besó como si se hubiese vuelto loco y ella le correspondió con la misma avidez porque sí se había vuelto loca. Él empezó a quitarse la ropa precipitadamente, hasta que, con un jadeo, volvió a abrazarla. Estaba desnudo con ella en un baño de vapor, suspendidos justo entre el cielo y el infierno.

Lo besó, le mordisqueó el labio inferior y jadeó cuando él le tomó los anhelantes pechos con las manos. Él le recorrió el cuello con la lengua y fue descendiendo hasta el valle de entre los pechos.

–Te he deseado tanto... –susurró él–. Solo he pensado en ti durante meses...

Le acarició los pechos con las manos antes de volver a bajar la cabeza para tomarle un pezón con la boca. Ella gritó. Nunca había sentido nada parecido, nunca había podido imaginárselo.

Se retorció sobre el mármol mientras él bajaba por su cuerpo. La agarró de las caderas y bajó más. Se estremeció debajo de él mientras le recorría el cuerpo con las yemas de los dedos, desde la cintura hasta las rodillas y hasta las plantas de los pies, que le besó una después de la otra. Entonces, volvió a ascender lentamente, le separó las piernas, le besó la parte interior de las rodillas, siguió subiendo... Se quedó sin respiración cuando sintió su aliento en el rincón más sensible de su cuerpo. Si había alguna parte de sí misma que la gritaba que tenía que parar aquello, ella no quería oírlo. Ya pensaría más tarde, cuando el cuerpo no le abrasara por el deseo de él y solo de él. Cerró los ojos y separó los labios para contener la respiración. Él se deleitó tan lenta y profundamente que ella arqueó las caderas como llevada por una oleada de placer que amenazaba con ahogarla de deseo y avidez.

–Sharif... –jadeó ella–. No... no puedes...

Sin embargo, sí podía. La provocó con la boca y la lengua, utilizó su cuerpo como si lo hubiese conocido toda la vida, como si lo conociera mejor que ella. Se contorsionó y estuvo a punto de llorar por el peso del deseo. Haría cualquier cosa.

Notó que él, sin dejar de lamerle la anhelante hendidura, introducía la yema de un dedo dentro de ella, y luego otra. Invadía su cuerpo virginal y ella se abría para aceptarlo. Arrastrada por un placer que nunca se había imaginado que fuese posible, levantaba las caderas como si tuviesen voluntad propia. Separó los labios para tomar aliento hasta que se sintió mareada debajo de las luces y las sombras del baño turco y porque el mundo daba vueltas a su alrededor.

Sintió que volaba y se agarró a sus hombros con las uñas. Oyó un grito y el mundo en blanco y negro estalló en un millón de luces de colores. Sharif levantó el cuerpo casi instantáneamente y su miembro turgente se quedó entre sus piernas como si exigiera entrar. Ella, tumbada, estaba inerte por el placer, incapaz de oponerse, sin querer oponerse. Todo lo que había pensado sobre el futuro o el honor había desaparecido de su cabeza como la arena bajo una ola del mar. ¿A quién le importaba algo tan poco importante como el futuro? ¿Qué era el futuro en comparación con eso? Él levantó un poco las caderas como si fuese a arremeter y ella lo miró a la cara, pero solo vio una sombra aunque estuviese tan cerca. Él vaciló justo antes de entrar y se quedó quieto, dejó escapar una maldición en voz baja y se dio la vuelta hacia un lado.

Ella tardó un rato en darse cuenta de que él se había apartado y parpadeó para intentar despertar de ese sueño sensual. Algo blanco voló hacia ella, miró hacia su vientre y vio una toalla.

—Vístete —gruñó él.

Sharif recogió los pantalones del suelo y se los puso sobre el cuerpo desnudo e insatisfecho. Irene notó un nudo ardiente en la garganta, se miró el cuerpo desnudo con la toalla y se dio cuenta de que se había entregado a él, de que había estado dispuesta a renunciar a todo por un momento de placer y de que él estaba rechazándola.

—No lo entiendo —dijo ella con un hilo de voz.

—¿No? —preguntó él con rabia.

Se cubrió con la toalla y se levantó del mármol. Se

sentía humillada. No había sabido lo cegador que podía ser el sexo, que podía ser tan necesario como respirar. Notaba que le ardían las mejillas de vergüenza y se alegró de no poder ver su rostro.

–Puedo imaginarme lo que piensas de mí.

–No, no puedes.

–¿Querías darme una lección? –preguntó ella a pesar del dolor que le constreñía la garganta–. Querías demostrarme que solo soy una ingenua, una remilgada con sueños ridículos de amor y...

–No era una lección –la interrumpió él y ella pudo captar la tensión de su tono–. Era un error.

–No sabía que podía sentirse algo así –Irene tuvo ganas de llorar–. Lo siento.

–¿Lo sientes? –él se acercó, le levantó la barbilla y ella, por fin, pudo ver sus ojos desolados–. Solo yo tengo la culpa. Cuando vine aquí, no quería... Sin embargo, te vi y... Yo tengo la culpa.

–Entonces, ¿por qué has parado? Yo no habría podido detenerte.

–Podrías haberme detenido en cualquier momento solo con decir «no».

–Pero no podía. Me sentía... –ella tomó una bocanada de aire–. Perdí el control y la cabeza. Si no era una prueba, entonces, no lo entiendo. Me tenías a tu disposición, ¿por qué no...?

–¿Por qué no te tomé?

Ella asintió con la cabeza sin decir nada y él la miró fijamente.

–Dices que ahora entiendes lo cegadora que puede ser la pasión. Yo también entiendo ahora de lo que hablabas. Hacer el amor debería ser una expresión de amor eterno. No te arrebataré tu sueño –añadió él con un susurro acariciándole una mejilla.

Irene se dio cuenta de que estaba llorando y supo en lo

más profundo de su ser que, si hubiese hecho el amor con él, habría sido la expresión de lo que había en su corazón. Lo amaba de los pies a la cabeza, amaba con toda su alma su honor y su insensibilidad, su humor y su egoísmo.

–Sharif... –ella se atragantó.

Quería que no se casara con esa mujer por muy hermosa que fuese, quería que se casara con ella y que la amara.

–Había venido para decirte que has conseguido lo que querías –dijo él en voz baja.

Ella lo miró boquiabierta. Él esbozó una sonrisa que no se reflejó en sus ojos y retrocedió.

–He cancelado la boda de mi hermana, señorita Taylor. Usted ha ganado.

–¿Aziza es libre? –ella cerró los ojos antes de mirarlo con gratitud–. Gracias.

–No, gracias a ti por recordarme lo que tenía que hacer.

–Pero... ¿y tú?

–Al cancelar la boda de Aziza, tengo que celebrar la mía lo antes posible –contestó él en un tono sereno–. Llamaré a Kalila y...

–He visto fotos de ella –le interrumpió Irene en tono abatido–. Es hermosa.

–Sí –reconoció él inexpresivamente mirando hacia otro lado–. Muy hermosa.

–No lo hagas –replicó ella mirándolo con el corazón desgarrado–. No te cases con ella.

–Di mi palabra.

–Incúmplela –le pidió ella con desesperación.

Él dejó escapar una risotada amarga.

–¿Me lo dices tú?

Ella tragó saliva al acordarse de todas las veces que había hablado del honor, del amor, de la importancia del matrimonio y de la sinceridad.

–Aunque pudiera hacerlo tan fácilmente –siguió él–, Kalila procede de una familia muy poderosa de Makhtar. Si ofendiera a su padre, habría problemas e, incluso, podría iniciar una guerra.

–No es justo –replicó ella llorosa–. Hiciste la promesa cuando tenías quince años, ¡eras un niño!

–Sabía lo que hacía –él le apartó un mechón de pelo húmedo de la cara–. Además, si rompiera tan alegremente mi promesa, ¿quién iba a confiar en mi palabra? ¿Lo harías tú?

–Sí –contestó ella, aunque una parte de sí misma no estaba segura–. Te conozco, Sharif. El honor, los desvelos por tu familia y tu país lo significan todo para ti. No puedes...

Se oyó el golpe de una puerta contra la pared, entró una corriente de aire y el vapor se disipó. Irene dio un respingo cuando vio que la empleada entraba precipitadamente. La mujer ni la miró y se dirigió a Sharif en árabe. Habló demasiado deprisa y no la entendió, pero vio la tensión de Sharif, como si lo hubiesen atravesado con una espada.

–¿Qué pasa? –preguntó ella mientras la empleada se inclinaba y se alejaba apresuradamente.

Sharif fue hasta la pared y pulsó un interruptor. Los baños se iluminaron con una luz implacable, las sombras y el misterio se desvanecieron y solo quedó la cruda realidad.

–Tienes que vestirte –contestó él inexpresivamente.

Pasaba algo y era muy grave. Ella quiso abrazar su pecho desnudo para consolarlo. Se acercó intentando ver su rostro. Él la miró. Volvía a ser el poderoso emir. El hombre vulnerable que vio fugazmente había desaparecido como si nunca hubiese existido.

–A mi futura esposa le ha parecido conveniente honrarnos con una visita.

–No puedes...

–Kalila ha llegado inesperadamente al palacio –él la miró con los ojos vacíos–. Vamos, señorita Taylor, venga a conocer a mi hermosa prometida.

Capítulo 9

NO PUEDES confiar en los sirvientes, en ninguno –Kalila Al-Bahar agitó una mano de uñas rojas sobre la mesa del comedor–. La mayoría son ladrones y mentirosos. Los pocos que no lo son, suelen ser vagos y estúpidos.

Irene se sonrojó y miró a Aziza, quien estaba sentada a su lado con los ojos como platos. Kalila parecía no darse cuenta de que la mesa estaba rodeada por una docena de sirvientes que podían oírla, y que tenían el rostro imperturbable.

–Ah... –Kalila se volvió hacia ella con una sonrisa almibarada en los labios rojos–. Discúlpeme, señorita Taylor, naturalmente, no me refería a usted. Estoy segura de que no es... nada de eso.

–Naturalmente –replicó ella con los dientes apretados mirando a Sharif.

Él estaba sentado a la cabecera de la mesa e iba vestido con la vestimenta tradicional, como correspondía al emir de Makhtar cuando recibía a la hija del exvisir y rico gobernador de la provincia oriental de Makhtar. Su atractivo rostro era tan inexpresivo como el de una estatua, pero ella sabía lo que estaba sintiendo y se le encogió el corazón. Esa mujer atroz iba a ser su esposa y la madre de sus hijos.

Ella había estado muy nerviosa por conocer a la hermosa Kalila. Después de dejar a Sharif en los baños turcos, había subido a su habitación y se había arreglado.

Sintió un inmenso alivio cuando vio un estuche de lentillas sobre su escritorio. Le temblaron las manos mientras se pintaba de rojo los labios, se ponía un sencillo y
ceñido vestido negro y añadía un collar de perlas falsas
como coraza. Como si el pintalabios o las perlas falsas
pudieran conseguir que compitiera con Kalila Al-Bahar.
Cuando la vio al pie de la escalera, se sintió abrumada
por la desolación. Todavía era más hermosa, delgada y
sofisticada en persona. Tenía los ojos negros, el pelo oscuro con algunos mechones rubios, los labios rojos, las
uñas largas y rojas y un vestido rojo ceñido. Aunque el
clima de febrero en Makhtar era templado, también llevaba un abrigo de visón. Parecía una mezcla de estrella
de cine de los años cincuenta y actriz porno anoréxica.

Entonces, Kalila empezó a hablar y no había parado
todavía. Tenía una voz ronca, hermosa y enigmática,
pero toda su conversación estaba repleta de palabras
egoístas y desagradables.

–Si pudiera –siguió en ese momento–, enterraría a
todos los sirvientes en el desierto y los sustituiría por...
No sé, por perros adiestrados o robots –suspiró–. Aunque la tecnología de los robots va demasiado despacio.

Se hizo un silencio sepulcral y la propia Kalila se dio
cuenta de que algo flotaba en el aire.

–Pero ya está bien de hablar de eso –se volvió repentinamente hacia Aziza–. Me he enterado de que te gusta
ir de compras. Yo te llevaré de compras.

–Gracias –murmuró Aziza mientras miraba de soslayo y con pánico a Irene.

–No te preocupes –replicó Kalila con amabilidad–.
Puedo enseñarte a dónde ir y qué comprar. Cuando me
ocupe, y lleves la ropa adecuada, podremos disimular
que seas tan gorda y anodina.

Aziza tomó aliento e Irene separó los labios como si
ella hubiese recibido el golpe. Una cosa era que la in-

sultara a ella, podía encajarlo, pero herir intencionadamente a alguien tan delicada e indefensa como Aziza... Apoyó las manos en la mesa para levantarse y decir algo hiriente e irreflexivo, pero Sharif se le adelantó.

–Basta, Kalila –él se había levantado con un gesto de furia gélida en el rostro–. Discúlpate con mi hermana por esas palabras falsas y detestables.

–¡Ya va siendo hora de que alguien le diga que se ocupe un poco de sí misma! –exclamó Kalila mirándolo con rabia.

–No pasa nada, hermano –Aziza intentó sonreír, pero tenía los ojos húmedos–. Tiene razón. Tengo muchos defectos. Debería perder algunos kilos –se miró con abatimiento las manos cruzadas–. Tengo suerte de que el sultán quiera casarse conmigo.

–No –replicó Sharif mirándola fijamente–. Tenía pensado decíroslo. Después de todo, no vas a casarte con él.

–¿Ha cambiado de opinión porque estoy demasiado gorda? –preguntó ella con desolación.

–No. Él quería casarse contigo, pero yo he cancelado la boda –contestó Sharif con firmeza mirando a Irene–. La señorita Taylor me convenció de que una chica tan inteligente y decidida como tú debería ir a la universidad.

–¿Inteligente? ¿Decidida?

Sharif se acercó a ella y le puso las manos en los hombros.

–Sí –contestó él con serenidad–. Y fuerte y valiente. Tienes toda la vida por delante. Podrías ser una científica o una economista, o lo que quieras. Una princesa puede ayudar a su país de muchas maneras –sonrió a su hermana–. Harás grandes cosas por Makhtar. Estoy seguro de que encontrarás el camino acertado.

–Hermano... –Aziza se levantó y lo abrazó entre lágrimas–. Gracias, no te arrepentirás.

Irene los miró con un nudo en la garganta.

–Estás desaprovechando la única ocasión que tenía de casarse bien –intervino Kalila mirándose las uñas–. Ningún hombre querrá casarse con una chica gorda e inteligente.

Fue la gota que colmó el vaso. Irene dio una palmada en la mesa y se levantó.

–¡Usted es una mujer atroz y abominable! ¿Usted va a ser la reina de Makhtar? ¡No es digna ni de limpiar los cuartos de baño del palacio!

Kalila la miró con su belleza gélida y sofisticada.

–Vaya, la famosa señorita Taylor de la que se ha enamorado media ciudad por fin ha sacado las uñas –Kalila entrecerró los ojos e Irene se preguntó si habría oído rumores, si por eso se habría presentado tan inesperadamente–. Sin embargo, puesto que la boda de Aziza se ha cancelado y pronto se marchará a la universidad, ya no hay ningún motivo para que siga aquí como su señorita de compañía. Le agradeceré que abandone mi mesa.

–¿Su mesa? –preguntó Irene con rabia.

–Sí, mi mesa –contestó Kalila con frialdad agitando un brazo esquelético–. Este palacio será mío. Este país será mío. Sharif será mío –concluyó mirando a Irene con los ojos como el acero.

Las palabras de Kalila se le clavaron en el corazón e Irene retrocedió tambaleándose. La otra mujer la miró con un placer perverso y luego se dirigió a Sharif con delicadeza.

–Por fin he decidido fijar una fecha. Una vez anulado el compromiso de tu hermana, anunciaremos oficialmente el nuestro esta noche.

–No...

La palabra fue un susurro casi inaudible que brotó del corazón de Irene. Sharif se quedó al lado de su hermana tan rígido e inexpresivo como una estatua.

–¿Y bien? –insistió Kalila.

Él miró a Irene y ella vio un destello de dolor en sus ojos negros. Entonces, él se dirigió a Kalila con cortesía y sin el más mínimo sentimiento.

–Como quieras. Se organizará para esa hora.

–Además, como todo nuestro país espera una boda real para finales de la semana... –Kalila volvió a agitar un brazo y todas sus joyas tintinearon–. Sería un despilfarro de dinero no aprovechar todos los preparativos que ya estaban en marcha, ¿no te parece?

Un espanto aterrador atenazó el corazón de Irene. Sharif cambió de expresión.

–No podemos cambiar la boda de Aziza por la nuestra sin más, Kalila. Hay que seguir el protocolo real.

–Tú eres el emir. Tú decides el protocolo –Kalila ladeó la cabeza–. A no ser que hayas cambiado de opinión. No querrás defraudar a nuestro pueblo, Sharif. No querrás insultar a mi padre.

Los ojos de Sharif brillaron fugazmente con odio, pero se apagaron enseguida.

–No –confirmó él inexpresivamente–. Claro que no.

–Sharif –Irene lo agarró del brazo con desesperación y sin darse cuenta de que lo había llamado por su nombre de pila delante de todo el mundo–. Por favor, no puedes...

–Mi prometida tiene razón –él la miró con frialdad–. Ya no la necesitamos, señorita Taylor.

–¿Qué? –susurró ella.

Irene dejó caer la mano. Estaba mirándola como si fuese una desconocida, como si no hubiese estado a punto de hacer el amor con ella, como si ella no fuese nada ni nadie. Tragó saliva, parpadeó y sacudió la cabeza.

–Pero yo no puedo...

No podía dejarlo. Miró alrededor y vio que Kalila la

miraba con altivez, que Aziza estaba pálida y tenía los ojos como platos, que los sirvientes intentaban fingir que no oían nada, y que no lo conseguían. Irene volvió a mirar al hombre que amaba.

–Pero te amo –susurró ella.

Pareció como si Sharif se encogiera, como si hubiese recibido un disparo en el corazón, pero la miró con una expresión granítica.

–Gracias por sus servicios. Se le abonará la cantidad acordada –él apretó las mandíbulas y la agarró de la muñeca cuando ella no se movió–. Es hora de que se marche.

Sin decir nada más, la sacó del comedor y la arrastró por el pasillo mientras se dirigía en árabe a los guardaespaldas, quienes lo siguieron. Uno de ellos hablaba por el auricular.

–¿Qué estás haciendo? –consiguió preguntarle ella.

–Estoy mandándote lejos, al porvenir que te mereces –contestó él mirándola.

Ella se preguntó cómo había sido posible que no lo hubiese conocido inmediatamente. Tenía un buen corazón a pesar de que lo primero que vio fuese un playboy. Debería haberlo amado desde que intentó seducirla a orillas del lago Como. Contuvo las lágrimas y sacudió la cabeza.

–No voy a abandonarte.

Él la agarró con más fuerza del brazo y siguió arrastrándola por el pasillo.

–Tienes que hacerlo.

–No, no con ella.

Sharif se detuvo, hizo un gesto a los guardaespaldas y ellos los dejaron solos. Él le tomó la cara entre las manos y la miró con apremio.

–Kalila será mi esposa. Siempre lo he sabido. Intentaba aceptar mi destino cuando te encontré en la boda de alguien a quien casi ni conocía. Entonces no pude –Sharif respiró hondo–, pero ahora sí puedo.

–¿Qué? –preguntó ella sin poder creérselo.

–Por ti –reconoció él en voz baja–. Por lo que me has enseñado.

–Nunca te he enseñado que te cases con alguien a quien odias, con alguien tan espantoso, que la conviertas en la reina de tu país...

–Me enseñaste a creer otra vez –él la miró a los ojos–. Me enseñaste a amar durante el resto de mi vida, como te amaré a ti.

Ella dejó escapar un solloz, lo abrazó y apoyó la mejilla en su pecho.

–No puedo abandonarte, no te abandonaré. Es demasiado pronto.

–Mejor ahora que más tarde –él la besó en la frente–. Antes de que pase algo que lamentemos.

–Solo lamento que no te dejara hacer el amor conmigo todos los días –replicó ella sin contener las lágrimas–. Debería haberte dejado que me besaras la primera noche que nos conocimos...

–Shhh –él le puso un dedo en los labios–. Es mejor así. Encontrarás a alguien que pueda hacerte feliz, que pueda darte lo que yo no podría darte nunca.

–¿Otro hombre? ¿Cómo puedes siquiera esperar eso para mí?

–Porque necesito tu felicidad más que la mía –contestó él con una tristeza infinita en los ojos.

Un guardaespaldas volvió y le hizo una señal con la cabeza. Sharif la miró.

–Ha llegado el momento.

La agarró de la mano y la sacó por una puerta lateral. Ella oyó la fuente y el canto de los pájaros. Vio una palmera que se recortaba contra el cielo tachonado de es-

trellas. Amaba todo lo relacionado con ese país. Sobre
todo, a su emir. Entonces, vio la limusina que la esperaba para llevarla al aeropuerto.

–¡No! –exclamó ella mientras pensaba una excusa
para quedarse diez minutos más–. Mi ropa, tengo que
hacer el equipaje.

–Ya se arreglará. Toma tu bolsa con tu pasaporte –él
chasqueó los dedos y un guardaespaldas le entregó algo.
Sharif sacó el bolso de ella–. Mi avión está esperándote
para llevarte de vuelta. Cuando llegues a Colorado, ya
te habrán hecho la transferencia con tu última paga.

–¿Cómo puedes hacerme esto? –preguntó ella sin
podérselo creer.

–¿Hacértelo? –él tomó aliento–. Lo hago por ti.

–Déjame que me quede una semana. Me quedaré
contigo hasta el triste final. Incluso después...

–¿Te quedarías hasta después de la boda? –preguntó
él con asombro.

–No te dejaré –contestó ella con un hilo de voz–. Ni
siquiera entonces.

Sharif la miró fijamente, pero sacudió la cabeza con
vehemencia.

–No. No lo permitiría aunque estuvieses dispuesta a
renunciar a tus sueños –la abrazó y la miró a los ojos–.
¿No lo entiendes? Tengo que creer en algo aparte del
deber hacia mi país, en ti.

A ella le temblaban las piernas y se aferró a sus hombros. Quería caer de rodillas y suplicarle que no la obli-
gara a marcharse, costara lo que costase.

–No te cases con ella. Si te casas con alguien a quien
odias, arruinarás tu vida.

–Ya está arruinada.

–Sharif.... –susurró ella atragantándose con las lágrimas.

–Te amo. Por primera vez en mi vida, entiendo lo

que significa eso porque mi amor durará toda mi vida
–le tomó la cara entre las manos–. Tenías razón.

–No...

Ella sollozó.

–Sé feliz.

La besó con pasión, con dolor y amor, y la soltó. Levantó una mano y dos guardaespaldas se acercaron para acompañarla hasta la limusina.

–¡Sharif! –gritó ella intentando resistirse–. ¡Sharif!

Sin embargo, la metieron en el coche y cerraron la puerta. Irene miró por la ventanilla trasera y lloró mientras el coche se alejaba a toda velocidad. Vio que la figura de Sharif iba haciéndose cada vez más pequeña y su rostro desolado se le quedó grabado en el corazón.

Sharif se quedó inmóvil un buen rato, con los ojos cerrados y viendo el rostro lloroso de Irene por la ventanilla trasera de la limusina. Sabía que no volvería a verla.

–Alteza...

Abrió los ojos y vio a Hassan en la puerta lateral del palacio.

–Tengo al director de la principal agencia de relaciones públicas de Makhtar al teléfono –le explicó el jefe de personal–. Dice que ha recibido un mensaje urgente. Naturalmente, puedo pedirle que me diga algo y...

–No –le interrumpió Sharif casi sin reconocer su propia voz.

Kalila debía de haberle llamado inmediatamente, conocía todos los recursos. Seguramente, ya habría comunicado su compromiso en las redes sociales, habría hecho que pareciera muy romántico y habría conseguido que todo el mundo envidiara su gran amor.

–Pídale que venga inmediatamente al palacio. Vamos a anunciar nuestro compromiso.

–Usted y la señorita...

–Con Kalila –volvió a interrumpirle él.

–Pero... la señorita Taylor...

–La he mandado a su país.

–Pero usted... Creí... –Hassan vaciló–. Cuando se difundió el rumor de que había irrumpido en los baños de las mujeres, todo el personal tuvo la esperanza...

–No vuelva a hablarme de la señorita Taylor –replicó él con aspereza dándose la vuelta–. Está zanjado.

–¿Qué está zanjado, Alteza?

–Mi compromiso. Mi boda.

Su vida. El jefe de personal, los guardaespaldas y él volvieron al palacio y cada uno se dirigió a cumplir con sus obligaciones. Él volvió lentamente al comedor, pero parecía como si se debilitara con cada paso que lo alejaba de Irene. Se sintió viejo. No, muerto. Se detuvo.

¡Irene! Su nombre era como una letanía. Apretó los puños. Ella conseguiría todo lo que él no podía ofrecerle. Conseguiría un hombre que la amara, que se casara con ella y que tuviera hijos con ella. Sus sueños se harían realidad aunque fuera sin él. Tenía que creer que había hecho lo que tenía que hacer. El resto de su vida tendría que conformarse con amarla, con recordar los breves momentos que habían pasado juntos. Su recuerdo y saber que ella sería feliz algún día en algún sitio... Desolado, entró en el comedor, pero estaba vacío. Solo quedaba una persona que fumaba un cigarrillo junto a la ventana.

–La has despedido –Kalila se dio la vuelta para mirarlo–. Tengo que confesar que me sorprende, que no esperaba que fueses a soltarla tan fácilmente.

–¿Qué quieres, Kalila? –le preguntó él con cansancio.

–Quiero que me garantices que, después de casados y de que te haya dado un heredero, me dejarás en paz y que tendré los mismos derechos que tú para hacer lo que quiera.

Sharif la miró fijamente en la penumbra del comedor vacío.

–No nos hemos casado todavía y ya estás pensando en ser infiel.

–No adoptes ese tono de perplejidad conmigo –replicó ella con una risa gélida–. No soy una de tus vírgenes de ojos almendrados. No soy como ella.

–¿Sabías que nunca fuimos amantes? –preguntó él con incredulidad.

–Claro. Era una virgen ridícula que te miraba embelesada con esos grandes ojos anhelantes –dio una elegante calada al cigarrillo–. Quédatela si quieres. Yo pienso divertirme como quiera. Me da igual que me odies. Nuestro matrimonio es por poder, no por amor.

–Cuando seas la reina, espero que respetes nuestras costumbres y nuestras leyes.

Ella encogió los esqueléticos hombros.

–No soy tonta. Seré discreta.

–Lo dudo.

–Más de lo que lo has sido tú con la señorita de compañía de tu hermana –ella resopló–. Aunque no hayáis sido amantes, he oído habladurías sobre vuestra... relación hasta en Nueva York. Mi padre fue quien me llamó.

–¿Por eso viniste corriendo? –preguntó él con sarcasmo–. ¿Temías que no fuera a cumplir mi palabra y que me casara con ella?

Kalila miró hacia otro lado y se llevó el cigarrillo a los labios con los dedos temblorosos.

–Debería haber atado esto hace mucho tiempo –contestó ella mirando por la ventana–. No permitiré que un desliz me prive de todo lo que debería ser mío.

–Ella no era un desliz –aclaró él con los ojos entrecerrados.

–¿Quién? Ah, la señorita Taylor. Sin embargo, ya se ha marchado y nosotros nos entendemos, ¿verdad? Nos casaremos la semana que viene en el lugar de tu hermana. Luego, consumaremos el matrimonio... Las veces que haga falta... Cuando me hayas dejado embarazada, me da igual lo que hagas. Puedes traer a tu preciosa señorita Taylor y meterla en tu cama si quieres.

Sharif la miró fijamente, pero vio el destello de unos ojos marrones. «Cuando me case, será por amor y la noche de bodas será hacer el amor de verdad, del que dura para siempre». Recordó el temblor de la voz de Irene cuando, hacía una hora, le dijo que lo amaba.

–Nuestro matrimonio solo es un medio para alcanzar un fin –siguió Kalila–. Algo que habrá que soportar y pasar por alto hasta que estemos muertos.

Él se fijó en su rostro, en esos ojos negros con pestañas postizas. Eran hermosos, pero tenían una mirada fría, como de reptil, muy distinta a la mirada cariñosa y cálida como un abrazo de esos ojos marrones. Miró los pómulos marcados de su prometida, muy distintos de las mejillas saludables que se sonrojaban de timidez, recato o rabia. Parecía como si Kalila no sintiera nada, como si no le importara nada mientras tuviera dinero y poder. Quería el prestigio de ser Su Alteza la jequesa de Makhtar, la madre del futuro heredero, y disfrutar con los hombres que quisiera mientras durara su matrimonio.

Entonces, él se dio cuenta de que había sido como ella. Él se había preocupado de cumplir con su deber en lo relativo a su país y su familia, sí, pero, aparte de eso, no le había importado nada ni nadie. Había malgastado infinidad de días con aventuras amorosas para no pensar en su alma vacía. Hasta que tuvo la fortuna de conocer a Irene. Era el milagro de su vida... y la tragedia.

–¿No contestas nada, Sharif? –Kalila se acercó a él–. ¿Qué ha cambiado en ti?

–¿De qué estás hablando?

–Eres distinto. Tú... –ella contuvo el aliento y se tapó la boca con la mano como si contuviera la risa–. ¿No irás a decirme que estás enamorado de ella?

–No sigas –le advirtió él.

–Tu delicada virgen. Tan tierna, tan auténtica...

–Vale mil veces más que tú.

–La amas –Kalila soltó una carcajada–. El gran emir de Makhtar está encadenado por fin. Es muy divertido verte cazado como...

–¿Como qué? –preguntó él preparándose para el insulto.

–Como nada. Es divertido, nada más. Tu preciosa señorita Taylor...

–Ni se te ocurra volver a mencionar su nombre –la interrumpió él agarrándola de la muñeca.

Kalila parpadeó y se rio otra vez.

–Como quieras –se soltó el brazo–. Quédate con tus recuerdos, yo me quedaré con mi trono. Creo que este matrimonio va a venirme muy bien.

Capítulo 10

CINCO días después, Irene estaba en el porche de su casa y guardaba las últimas cosas que iban a llevarse a la casa nueva de Denver. Había que embalar muy pocas cosas. Algunas habían ido a la basura y otras habían acabado en un centro de beneficencia. Sin embargo, su madre y su hermana ya se habían llevado las que les importaban cuando se marcharon hacía cuatro días.

Melissa, su hermana, ya estaba desembalando cajas en el piso nuevo que ella había alquilado en Denver, justo entre la universidad pública y el mejor centro de rehabilitación de Colorado, donde su madre había ingresado hacía dos días. Melissa estaba estudiando para hacer el examen de acceso a la universidad. Ella sabía que podía quedar un camino complicado por delante, pero saldría bien, se asentarían cómodamente y tendrían la oportunidad de ser felices.

–Gracias, cariño –le había dicho su madre mientras la abrazaba llorando antes de ir al centro de rehabilitación–. Quise ser una buena madre para ti y lo intenté, pero no supe. Voy a intentarlo.

Melissa también había llorado cuando vio el lujoso piso y la información sobre la universidad.

–¿Te acuerdas de lo que hablaba sobre ser asistente dental?

Ella había asentido con la cabeza.

–¿Sabes cuánto ganan a la hora? –preguntó mientras

se secaba las lágrimas–. Además, están con dentistas guapos y solteros todo el día...

–Serás una gran asistente, o, si no, podrías ser dentista.

–¿Yo?

–Claro –ella se encogió de hombros–. Y que todos los dentistas sexys acudiesen a ti.

–¿Crees que podría? –su hermana tomó aliento como si se lo planteara–. ¿Me pagarías la escuela de odontología?

–La que quieras –ella le tomó la mano–. Creo en ti.

–Siempre pensé que me juzgabas –replicó su hermana parpadeando para contener las lágrimas.

–Te juzgaba y lo siento. No entendía lo poderoso que puede ser el sexo y el amor, ni que, algunas veces, lo sueños no se hacen realidad por mucho que lo intentes.

–¿Que los sueños no se hacen realidad? Te equivocas –Melissa sonrió con los ojos empañados de lágrimas–. Mírame.

Todavía recordaba esas conversaciones cuando fue a Lone Pine para terminar de embalar y para cerrar la casa. La última parada sería para devolverle las llaves al corpulento casero, quien lamentaría que las dos Taylor se marcharan después de veinte años pagándole la renta, no siempre con dinero. Estaba cerrando la última caja cuando el aire de la casucha se hizo denso por el ambiente de abandono y por los malos recuerdos. Salió al destartalado porche para respirar aire puro. Apoyada en la madera reseca, miró a lo lejos, al tejado de la casita donde los Abbott le daban galletas cuando volvía del colegio. Se cruzó de brazos sobre el jersey de cachemira. Había sido afortunada por haber conocido el amor aunque hubiese sido tan fugazmente. Entonces, ¿por qué le dolía tanto?

Había recibido seis llamadas desde Makhtar y las seis eran de distintos empleados del palacio que querían que la boda de Sharif con Kalila se cancelara como fuese. Sin embargo, hubo una especialmente dolorosa. Aziza la había llamado a las tres de la madrugada y la había despertado.

–¿Cómo voy a ser feliz cuando los dos vais a ser desgraciados para siempre?

–No somos desgraciados –había mentido ella–. Estamos bien y...

–¿Bien? ¡Tendrías que ver a mi hermano en este momento!

Ella cerró los ojos por el dolor que le atenazó la garganta.

–No puedo hacer nada.

–Dijiste que lo amabas. ¿Cómo puedes amarlo y dejarlo con esa mujer?

–No me dejó otra alternativa.

–¡Ni siquiera lo has llamado! Hasta Basimah está sorprendida. Me dijo que no podías amar a Sharif porque no habías llamado después de que mi boda se cancelara.

–Aziza, por favor... –balbució ella por el dolor en la cama vacía de su piso.

–¡Olvídalo! –la interrumpió la joven princesa–. No intentes salvarlo, ¡olvídate de nosotros y disfruta de tu vida!

Aziza cortó la llamada y ella se quedó llorando durante tres horas. Echaba de menos a Aziza, Makhtar y a todo el mundo del palacio, pero, sobre todo, a Sharif. Su ausencia hacía que todo estuviese vacío y que nada tuviese sentido. Se sentía como si estuviese muriéndose.

Miró el coche. Su última maleta había llegado desde Makhtar el día anterior y seguía en el maletero del coche alquilado. No había querido abrirla porque, cuando lo hiciera, el último vínculo entre Sharif y ella se rompería. Mientras no la abriera, podía esperar que él hubiese dejado una carta que le sirviera para el resto de su vida. Sin embargo, ya no podía esperar más. Sacó la maleta del coche, la llevó al porche y la abrió. Solo vio ropa. Se arrodilló y rebuscó entre la ropa con avidez, hasta que vio una nota. Contuvo el aliento, la tomó y la abrió con el corazón acelerado. Sin embargo, solo había dos palabras: *Deshazla con cuidado.*

¿Nada más? Le dio la vuelta. En blanco. Toda su esperanza para nada. De rodillas todavía, apoyó la cabeza en la madera astillada del porche y quiso llorar.

–He oído decir que habías vuelto al pueblo.

Ella levantó la mirada entre las lágrimas y vio a Carter Linsey con un chaleco oscuro sobre una camisa blanca. Carter, el amor de su juventud, el supuesto desengaño que hizo que se marchara.

–Carter... –se secó las lágrimas y se levantó tambaleándose–. ¿Qué haces aquí?

–Quería saber si era verdad –se frotó la mandíbula–. Caray, tu estancia en París... caray.

Ella se miró el collar de perlas, el jersey de cachemir y los pantalones grises ajustados. Un poco demasiado elegante para embalar cajas, pero, como no había abierto la última caja, no había podido ponerse otra cosa. Llevaba lentillas en vez de gafas y seguramente estaría un poco más delgada porque había perdido el apetito por la tristeza. Entonces, se dio cuenta de que no se parecería a la chica que se marchó hacía dos años y que quizá fuese hasta aceptable para la mansión de los Linsey, como soñó una vez.

–Gracias.

–Entonces, es verdad que tu familia está mudándose, ¿no? –él ladeó la cabeza y sus ojos dejaron escapar ese brillo que le aceleraba el corazón cuando era una jovencita–. Es una pena porque estaba pensando que... que quizá me dieses otra oportunidad.

–¿Qué? –preguntó ella mirándolo fijamente.

–Sí –él se pasó los dedos entre el pelo rubio–. Creo que me equivoqué contigo.

Ella se preguntó cómo era posible que hubiese llegado a creer que lo amaba. En realidad, no lo había conocido, solo había sido un símbolo para ella, una forma de salir de una vida infeliz.

–Carter, me temo... me temo que tengo que rehusar tu amable oferta.

–Creía que... te gustaba –replicó él parpadeando.

–Yo también lo creí –ella se rio levemente y miró hacia otro lado–. Creí que, si conseguía que un hombre como tú me amara, significaría que yo valía algo, pero eso no es amor.

–Entonces, ¿qué es?

–No se trata de que uno se sienta mejor. El amor es proteger a la otra persona, es hacer todo lo posible para que la persona amada tenga la vida que se merece y...

Ella no terminó la frase porque se le quedó seca la garganta al acordarse de que Sharif había hecho eso, y que ella lo había abandonado en las garras de esa mujer. Sin embargo, ¡ella no había podido hacer nada! No tenía forma de impedir que Kalila... Se acordó de las palabras de Basimah. «El emir va a recibir lo que se merece. Si yo pudiera hacer algo para evitar la boda de él, no lo haría». Lo dijo hacía mucho tiempo, pero ella estaba tan desolada por los celos y la tristeza que no prestó atención a esas palabras. ¿Cómo era posible que no lo hubiese entendido? «Hasta Basimah está sorprendida. Me dijo que no podías amar a Sharif porque no habías llamado después de que mi boda se cancelara», le había dicho Aziza.

–Irene...

Se fijó repentinamente en el rostro atractivo y abatido de Carter.

–Perdóname. Tengo que hacer una llamada. Gracias por tu visita.

–¿Estás... rechazándome? –preguntó él con incredulidad.

–Te deseo lo mejor, pero no conmigo. Lo siento. Estoy enamorada de alguien y él me necesita.

Carter se rascó la cabeza, la miró con el ceño fruncido y se marchó, pero ella ya se había dado la vuelta para marcar un número de teléfono.

–Me extrañaba que no me lo hubiese preguntado hace unos días –dijo Basimah con tristeza al cabo de unos minutos–. Se lo dije todo. Después de que él cancelara la boda y liberara a mi corderito, esperé que me lo preguntara, pero no lo hizo. Se marchó y decidí que no lo amaba tanto como yo creía, abandonarlo en manos de esa mujer parecía frío...

–Cuéntemelo todo –le pidió ella.

Escuchó la historia de Basimah y notó que el corazón se le subía a la garganta.

–¡Dígaselo todo a Sharif! –exclamó ella con desesperación.

–¿Yo? –preguntó la mujer–. ¿Mezclarme en un escándalo del palacio? No. Yo mantengo la cabeza agachada, como mi hermana. Así hemos conservado tanto tiempo nuestros empleos.

–Entonces, dígaselo a Aziza. Ella puede acudir a su hermano y...

–Tampoco voy a mezclarla a ella. Ya ha sufrido bastante. Además, tiene que pensar en muchas cosas. Está solicitando plaza en distintas universidades y preparán-

dose para enfrentarse al mundo. No. Usted lo ama, sál-
velo.

–Pero nunca lo aceptará sin una prueba.

–Consígala.

–Eso exigiría muchísimo dinero. Si él lleva tanto
tiempo chantajeándola, nunca la soltará por cuatro pe-
rras. Se reiría de mí aunque le diera hasta el último cen-
tavo que me queda.

–Haga lo que quiera. Mi hermana, Aziza y yo no tenemos nada que ver. Es asunto suyo.

Basimah cortó la llamada y ella, sin soltar el teléfono,
se dejó caer en el suelo del porche. Le habían dado la
clave de todo, pero ya era demasiado tarde. Todo se li-
mitaba a un problema de tiempo y dinero. La boda se ce-
lebraría al cabo de dos días a medio mundo de distancia.

Entonces, se acordó del collar que Sharif intentó re-
galarle en Italia. No se dio cuenta de que estaba tirando
por la borda su porvenir, y el de él, que era lo peor. «Si
no quieres el collar, tíralo al lago o entiérralo en el jardín. Me da igual. Es tuyo y no voy a quedármelo». Sin
embargo, ella le había obligado a que se lo quedara y
no había vuelto a saber... *Deshazla con cuidado.*

Se levantó de un salto, miró la maleta abierta y se
abalanzó sobre ella.

Había llegado el día que había temido durante la mitad de su vida. Era el día de su boda. Casi se alegraba
de que todo fuese a terminar.

Sharif, con sus resplandecientes ropajes blancos, se dirigió hacia el salón del trono, donde firmaría su propia
sentencia de muerte. Como era tradicional en Makhtar, la
novia no estaría en la ceremonia de la firma, y él se alegraba. Ya había soportado bastante la compañía de Kalila

durante esa semana. Solo tenía que ir al salón del trono, donde el padre de la novia y él firmarían los documentos en presencia de algunos testigos. Quizá, si cerraba con fuerza los ojos, podría imaginarse que se casaba con alguien hermosa, inteligente, delicada y cariñosa. Sin quererlo, se imaginó a Irene que sonreía con un brillo cálido en los ojos.

Vaciló y se detuvo en el pasillo. Cerró los ojos. En ese momento, daría cuarenta años de su vida por ser un pastor de cabras si a cambio tuviera la libertad más elemental de todas, la de estar con la mujer que amaba.

–Señor...

Sharif abrió los ojos y vio a Hassan. Se aclaró la garganta.

–¿Sí?

–El padre de la novia le espera en el salón del trono con los testigos y las autoridades.

–Me gustaría que usted también fuese testigo.

–Me honra –Hassan inclinó la cabeza–, pero no es demasiado tarde...

–Diecinueve años tarde –dijo Sharif con cansancio.

–La señorita Taylor...

–No diga su nombre, no quiero oírlo. Si ha intentado llamar otra vez, no quiero...

–Está aquí.

Él lo miró fijamente y notó que se quedaba pálido.

–¿Aquí?

–Se presentó hace diez minutos en la verja del palacio. No la dejé entrar –añadió Hassan con tristeza–. Siguiendo sus órdenes, los guardaespaldas la han retenido, pero pensé... –se mordió el labio inferior– pensé que quizá hubiese cambiado de opinión y...

Sharif sintió un arrebato de emoción al imaginársela tan cerca el día de su boda.

–No.

Se llevó una mano a la frente. Si la veía, sería imposible que siguiera adelante con la boda. Apartaría a un lado el honor y dejaría que el destino de su país siguiera el curso que quisiera. Permitiría que su país se sumiera en la guerra y el caos si podía sentir otra vez los brazos de Irene.

–Por fin, Alteza –el jeque Ahmed Al-Bahar, exvisir y gobernador de la provincia oriental, lo miraba con una sonrisa desde la puerta del salón del trono–. Llega tarde.

–Sí –reconoció él sin ilusión–. Discúlpeme. Ahora voy.

El otro hombre hizo un gesto de impaciencia con la cabeza y volvió al salón del trono. Sharif se dirigió hacia allí como si fuese al patíbulo. Había dado su palabra. No podía hacer otra cosa. Kalila sería una esposa atroz, pero quizá fuese una buena reina y una buena madre. Quizá...

No, no podía creerse ni eso. Se le revolvieron las entrañas solo de pensar en que ella criara a sus hijos. Ni siquiera quería tener un hijo con ella. Solo quería a una mujer como esposa, a una mujer en su cama, a una mujer que fuese la madre de sus hijos, pero nunca la tendría.

–Sharif.

Oyó la voz delicada y preocupada de Irene y supo que estaba soñando. Apretó los puños y cerró los ojos para disfrutar un momento más del sueño.

–¡Sharif!

La voz sonó con más fuerza, abrió los ojos, frunció el ceño y se dio la vuelta. Vio a Irene pálida y con ojeras, pero sonreía, como sonreían los seis guardaespaldas que tenía detrás. ¿Sus guardaespaldas habían dejado que entrara en el palacio contra sus órdenes expresas?

–No entiendo... –él intentó contener la emoción. No podía permitir que pasara eso. No podía amarla–. No puedes estar aquí, Irene. Tienes que marcharte.

–No –replicó ella con los ojos resplandecientes–. No puedes obligarme a que te deje otra vez.

Lentamente, Sharif levantó las manos para tocarle los brazos. Era de verdad y se estremeció.

–Por favor –susurró él–. Esto va a matarme, verte cuando tengo que casarme...

–¿Puede saberse qué está haciendo ella aquí? –preguntó Kalila con furia.

Él se dio la vuelta para mirarla. Iba recubierta de sedas, brocados y joyas.

–¿Qué hago? –Irene la miró y le sonrió con calidez–. Estoy evitando la boda –se dirigió a Sharif–. Kalila Al-Bahar no puede casarse contigo porque ya está casada.

Tenía que ser un sueño. La agarró con más fuerza de los brazos y sacudió la cabeza.

–Es imposible. Ella nunca haría algo así.

–Sabía que no me creerías –ella sonrió más todavía–. Por eso tengo pruebas.

Irene se apartó para que todos vieran a un joven increíblemente musculoso. Kalila se quedó boquiabierta y una mezcla de miedo, rabia y odio se reflejó en sus ojos.

–¡Vete de mi palacio!

–No –Irene lo dijo tan tajantemente que Sharif la miró atónito–. Usted se irá del mío.

Kalila gritó y corrió hacia ellos como si quisiera arrancarle los ojos a Irene. Sharif se puso delante de ella y los sirvientes empezaron a asomar las cabezas por las puertas. El padre de Kalila salió del salón del trono seguido por todo su séquito.

–¿Qué está pasando? –preguntó mirando a su hija–. ¿Kalila...?

Ella solo miraba al hombre que era una masa de músculos.

–No lo digas, escoria. Ni se te ocurra...

–Lo siento, cariño, pero ella tenía una oferta mejor –replicó él encogiéndose de hombros.

Sharif se dio la vuelta para mirar a Irene.

–Cuéntamelo –le pidió apremiantemente.

–Kalila se casó con su entrenador personal hace cinco años en Nueva York –levantó un documento con aire triunfal–. Tengo el certificado de matrimonio.

Kalila dio un alarido e intentó arrebatárselo, pero Sharif fue más rápido, lo tomó de la mano de Irene y se lo entregó a Ahmed Al-Bahar, quien lo leyó y se puso morado.

–Es mentira... es una artimaña... Nunca arruinaría mi vida por un sirviente...

–Tengo cartas escritas por ella –Irene mostró unos sobres atados con una cinta negra–. Son cartas de amor. Notas que le mandaba con el dinero del chantaje para suplicarle que volviera.

–Las mujeres siempre se enamoran de mí –intervino el entrenador personal con una sonrisa de suficiencia–. ¿Qué voy a hacer si ella me dejó que me aprovechara...?

–¡Eres un sucio chantajista! –bramó Kalila.

–Tú eres una bígama mentirosa –replicó él.

–¡Ah! –Kalila se volvió hacia Irene con una mirada asesina–. ¿Cómo... cómo lo has sabido?

–Sí, ¿cómo lo has sabido? –le preguntó Sharif.

–Digamos que tengo mis métodos –ella le sonrió con lágrimas de felicidad–. Sabía que no me creerías sin pruebas y soborné a Rafael con el collar de diamantes que escondiste en mi maleta.

–¿El collar? –repitió él.

–Dijiste que podía hacer lo que quisiera con él –le acarició la mejilla a Sharif–. Quería salvar la vida del hombre que amo.

Se le formó un nudo en la garganta. Era verdad. Lo había salvado.

–¿Esto significa que te casarás conmigo? –susurró él.

Kalila dejó escapar un alarido estremecedor y se desplomó en el suelo.

–Alteza, mi hija nos ha deshonrado –intervino el padre de Kalila–. De no haber sido por ella... –miró con rabia a Irene y se inclinó– la deshonra habría sido mayor. Me ocuparé de Kalila más tarde, pero, ahora, espero su castigo.

–Mi castigo es que se la lleve a vivir muy lejos de Makhtar City. A cambio, no diré nada de su traición cuando comunique el cambio de planes de boda.

El hombre se incorporó lentamente con una expresión de asombro.

–¿No dirá nada de nuestro bochorno?

–Diré que cambio de esposa por motivos personales. Diré que me he enamorado por primera vez en mi vida y que solo hay una mujer que puede ser mi pareja en el trono, mi esposa y la madre de mis hijos. Daré hoy esas explicaciones a nuestro pueblo, pero con una condición –Sharif miró a Irene–. Que aceptes casarte conmigo ahora mismo.

–Acepte –le pidió el anciano.

–Acepta –le pidió Aziza desde el pasillo.

–¡Acepte! –gritaron Basimah, Hassan y todos los sirvientes.

Irene lo miró con el rostro resplandeciente de amor.

–Acepto.

Fue la palabra más dulce que Sharif había oído en toda su vida y la abrazó entre los aplausos y los vítores de los cortesanos y los sirvientes.

–¿Ya te sientes casada? –le preguntó Sharif desde el dormitorio de la suite de su hotel de Denver.

Irene se miró al espejo del cuarto de baño y sonrió. No podía reprocharle que estuviera impaciente. Se habían casado oficialmente en Makhtar hacía dos días, pero no habían tenido la noche de bodas. Había sido una ceremonia protocolaria y algo precipitada. Firmaron los contratos y, antes de besarse siquiera, empezaron el día de celebraciones con festejos separados para hombres y mujeres. A ella no le gustó especialmente tener que asistir a una fiesta de seis horas sin Sharif, pero lo hizo al ser la nueva jequesa.

Sin embargo, su primera obligación real no había sido tan grave. Las mujeres se acercaron a ella, unas con timidez y otras más contentas, pero todas aliviadas porque era la reina en lugar de Kalila. Ella se quedó conmovida por sus palabras amables y su cálido recibimiento. Aziza, naturalmente, estaba feliz y daba saltos de alegría. Ella se lo había agradecido en privado a Basimah con lágrimas en los ojos. Basimah le había exigido que no volviera a hablar del asunto, pero, luego, sollozó y le dijo que esperaba que fuese una reina buena, leal y generosa.

No podía salir de su asombro. Ella, la niña de la que se burlaron en el colegio por ser pobre y por el pasado escandaloso de su familia, era la reina de uno de los países más ricos del mundo. Le gustaría que su familia estuviese allí para presenciarlo. ¡Su familia! Cuando Sharif llegó a la fiesta de las mujeres para dar su saludo tradicional, ella lo agarró del brazo.

–Tenemos que ir a Colorado ahora mismo –dijo ella con nerviosismo–. Mi madre y mi hermana se han perdido la boda. También tienen que participar.

–Mandaré mi avión para que las traiga –gruñó él acariciándole una mejilla–. Esta noche te quiero en mi cama, o ahora mismo...

Ella se estremeció por su caricia, pero no cedió.

–Mi madre no puede marcharse, acaba de empezar la rehabilitación. Sin embargo, podría salir un par de horas para acompañarnos en una ceremonia rápida en Denver. Por favor, Sharif.

–Claro –él suspiró con resignación–. Tu familia tiene que participar.

–Además, podría invitar a Emma y a Cesare.

Una hora después, estaban en el avión privado de Sharif con rumbo a Colorado. A ella le habría encantado pasar la noche de bodas en las alturas, pero esa vez fue Sharif quien puso reparos.

–Has esperado toda la vida a tu noche de bodas y no será de cualquier manera en un avión –dijo él con delicadeza–. Solo tendremos una primera vez y será como es debido, en la mejor suite del mejor hotel de la ciudad y después de que tu familia nos haya visto casarnos. Aunque me mate.

Emma, Cesare y el bebé llegaron en el último momento y acompañaron a la madre y a la hermana de Irene al juzgado de Denver, donde volvieron a casarse sin paparazis ni jaleo. Ella, con lágrimas en los ojos, pensó que Dorothy y Bill Abbott habrían estado contentos.

–Ya sabes lo irresistible que puede ser la mujer acertada –le comentó Cesare a Sharif después de la ceremonia.

–Sí –Sharif se rio y miró a su esposa–. Si hubiese conocido antes a Irene, me habría casado hace mucho tiempo.

Su familia y amigos ya se habían marchado. Después de la ceremonia, Sharif se negó implacablemente a que hubiera una cena siquiera.

–La fuerza de voluntad de un hombre tiene un límite –le había dicho él en tono sombrío–. Nos vamos al hotel.

En ese momento, estaban los dos solos y casados. Se

mordió el labio inferior mientras se miraba al espejo. Estaba un poco sonrojada por el champán que les había ofrecido el director cuando llegaron y tenía el corazón acelerado. Su hermana le había regalado esa lencería por la boda. Ella nunca se había puesto algo así en toda su vida. El corsé blanco le levantaba los pechos, pero no le tapaba casi los pezones. Llevaba unas diminutas bragas blancas de encaje con un liguero blanco que le sujetaba las medias blancas. Los zapatos de tacón alto también eran blancos.

–Recatado y provocador –le había explicado su hermana entre risas–. Perfecto para ti, Irene.

Lo era, pero no podía creerse que fuese a salir del cuarto de baño para que Sharif la viera así. Sin embargo, era su marido y los dos conocerían cada rincón del cuerpo del otro.

–¡Irene! –le llamó Sharif desde el dormitorio.

–Ya casi estoy.

¿El pelo recogido o suelto? Se lo recogió con las manos temblorosas, pero acabó dejando que le cayera sobre los hombros desnudos. Las piernas también le temblaban cuando entró en el enorme dormitorio. Sharif estaba tumbado en la cama y todavía llevaba el traje oscuro.

–Por fin...

Se quedó mudo cuando vio el corsé y el liguero y se sentó con los ojos como platos.

–¿No te gusta? –preguntó ella en tono vacilante.

–¿Gustarme?

Él se levantó sin dejar de mirarla y se acercó a ella. Por un momento, se quedó mirándola con esos ojos negros que la veían completa y que la amaban a pesar de sus defectos, como ella lo amaba a él a pesar de los suyos.

–Casi me muero al verte –él le tomó la cara entre las manos–. Si no supiera que eres mía...

–Pero lo sabes. Soy tuya ahora y lo seré para siempre.

–Te amo, Irene, mi hermosa esposa. Te amaré hasta que me muera.

–Estás temblando –comentó ella tomándole una mano.

–Lo siento, pero, en cierto sentido, también es mi primera vez.

Ella se pasó la lengua por los labios, se puso de puntillas y lo besó con delicadeza.

–Tómame. Tómame ahora.

Su marido la besó con voracidad y la tomó en brazos. La llevó a la cama sin dejar de besarla y allí cumplieron la promesa que ella había estado esperando toda su vida.

Bianca

No estaba dispuesta a sucumbir a un chantaje emocional

Georgie seguía enamorada de su exmarido, Jed, pero se había resignado a seguir viviendo sin él porque estaba segura de que jamás podría darle lo que ella quería: amor, y ella nunca podría darle lo que él deseaba: un hijo.

Pero Jed Lord siempre conseguía lo que quería. Y, en ese momento, lo único que le preocupaba era recuperar a su esposa... e iba a lograrlo aunque para ello tuviera que chantajearla.

Chantaje emocional

Carole Mortimer

Acepte 2 de nuestras mejores novelas de amor GRATIS

¡Y reciba un regalo sorpresa!

Oferta especial de tiempo limitado

Rellene el cupón y envíelo a
Harlequin Reader Service®
3010 Walden Ave.
P.O. Box 1867
Buffalo, N.Y. 14240-1867

¡Si! Por favor, envíenme 2 novelas de amor de Harlequin (1 Bianca® y 1 Deseo®) gratis, más el regalo sorpresa. Luego remítanme 4 novelas nuevas todos los meses, las cuales recibiré mucho antes de que aparezcan en librerías, y factúrenme al bajo precio de $3,24 cada una, más $0,25 por envío e impuesto de ventas, si corresponde*. Este es el precio total, y es un ahorro de casi el 20% sobre el precio de portada. !Una oferta excelente! Entiendo que el hecho de aceptar estos libros y el regalo no me obliga en forma alguna a la compra de libros adicionales. Y también que puedo devolver cualquier envío y cancelar en cualquier momento. Aún si decido no comprar ningún otro libro de Harlequin, los 2 libros gratis y el regalo sorpresa son míos para siempre.

416 LBN DU7N

Nombre y apellido	(Por favor, letra de molde)

Dirección	Apartamento No.

Ciudad	Estado	Zona postal

Esta oferta se limita a un pedido por hogar y no está disponible para los subscriptores actuales de Deseo® y Bianca®.
*Los términos y precios quedan sujetos a cambios sin aviso previo.
Impuestos de ventas aplican en N.Y.

Deseo

INDISCRECIONES AMOROSAS

KATHERINE GARBERA

Conner Macafee, millonario y soltero, estaba dispuesto a cerrar un trato con la entrometida periodista Nichole Reynolds. Nichole quería que él contara su historia, algo que Conner estaba dispuesto a hacer… cuando ella accediera a compartir su cama.

Conner era arrogante, engreído… y endemoniadamente sexy, y Nichole pensó que, por su carrera periodística, merecía la pena ser durante un mes la amante del soltero más codiciado de la ciudad y trasladarse a vivir a su ático. Pero bastó un beso para que se diera cuenta de que había cometido un gran error: ahora quería la historia y al hombre.

«Sé mi amante por un mes»

¡YA EN TU PUNTO DE VENTA!